最良の友人たち

ヒュー・ホワイトモア 著

河野 賢司 訳

大学教育出版

マイケルのために
そして
父をしのんで

序　文

　1976年のあるとき、ある独立テレビ会社で番組編成役をされていた当時に、お会いしたことがあったマイケル・レディングトン[1]から、バーナード・ショーとウスターシャーにあるスタンブルック修道院の元院長、デイム・ロレンシア・マクラフランの友情関係に基づくテレビ脚本の執筆を考えてみないか、と打診を受けました。彼はデイム・ロレンシアに関する本『偉大なる伝統の中で』と、彼女とGBS（ショー）がお互いに書き送った数通の手紙のコピーをくれました。私はその題材を興味深く思い、ロンドン週末テレビからの委嘱を受けて、脚本の下書きを作りました。レディングトンとテレビ局スタッフは私の作品に満足しましたが、番組はいっこうに制作されず、その企画は忘れ去られました。あるいはそのように、私は考えました。しかし数年後、1980年に、私はふたたびレディングトンから話を持ちかけられました――彼は、やがて私は気づきますが、強固な粘り強さを持つ人物なのです。彼はこのころには、自分の大好きな仕事、すなわち演劇に立ち戻っていて、ショーとデイム・ロレンシアの資料を再検討してそれが舞台でうまくいくかどうか確かめるように、私に依頼しました。私はそうすることに同意しました。おりしもそのころ、私は、GBSをその修道女に紹介した人物、すなわち、ケンブリッジのフィッツウィリアム美術館の館長を務め、長年にわたって手紙や日記を書き続けてきた、シドニー・コカレル卿について調べ始めていました。コカレルのさまざまな特徴――怒りっぽく、衒学的で、ゴシップや有名人の蒐集家にして、飽くなき精力で友情を得ようとした人物――によって、彼は劇作家が探求すべき魅力的な題材となっていたのです。明らかに、その戯曲は――もし生み出すとすれば――ショーとデイム・ロレンシアのみならず、このコカレルもまた含まれてしかるべきでした。

　このころ、ジェイムズ・ルーズ＝エヴァンズ[2]が登場しました。彼は『チャリング・クロス街84番地』の舞台版に（脚色家兼演出家として）携わってい

て、この芝居をマイケル・レディングトンはのちにウェスト・エンドで上演して大成功を収めることになります。ルーズ＝エヴァンズは、スタンブルック修道院のコミュニティとも親密なつながりを持っていました。さらには、彼は王立演劇学校のスタッフに加わっていたことがあり、その当時、私はその学校の、前途有望な（しかし、情けないほど才能のない）生徒でした。彼はその企画に大いに乗り気になり、彼がその芝居の演出を引き受けることで意見がまとまりました。困ったことには、脚本がまったくできていませんでした。私はそのころ別の作品（のちにレディングトンが上演する『嘘八百』）の執筆に深く関わっていたので、数か月がいつしか過ぎ去りました。しかしながら、私は、コカレルのもっとも著名な友人の一人、アレック・ギネス卿[3]と、ちゃんと連絡を取りました。私からの最初の手紙に答えて、彼は以下のように書いています。

　シドニー・コカレル卿への関心の復活と思しき状況――アメリカの学会では非常にその傾向が強いのですが――に私はいささか驚いていますが、あなたの戯曲の話を伺って喜ぶと同時に、上演が大成功を収めることをお祈りします。私は1939年の初春、彼がカイロ郊外のチェスタ・ビーティ[4]の邸宅――というか、宮殿――に客人として来ていたときに初めて会いました。妻と私は、ある魅力的な夫妻のお誘いでそこへお茶をいただきに伺ったのですが、その夫妻は、伺う途中で、こう言われました。「困ったことには、コカレルという名のつむじ曲がりの老人が泊まっていて、彼には会わないようにすることをお勧めします」。さて、私は彼を、つむじ曲がりだとは少しも思いませんでした。その後も幾度か彼に会って、やがて戦争の歳月が割り込みました。私は彼から多くのことを学びました。彼は文法上の言い間違いに気づくと、いつもすぐさま指摘しました。それに、ウィリアム・モリス、ハーディ、トルストイ、T. E. ロレンスについての彼の話は忘れられませんでした。

　『嘘八百』は1983年10月にロンドンで上演され、そして再び私は、『最良

の友人たち』——少なくとも、芝居のタイトル[5]は、すでに見つけていました——に取りかかろうとしました。しかし、ある面白い映画の仕事が舞い込んできて、そのうえ、アンドルー・ホッジズ[6]の注目すべき伝記を読んだために、私は数学者アラン・チューリング[7]についての戯曲を書きたくなりました。そこで私はレディングトンに、この新作戯曲を書き終えるまでコカレルの企画は延期しようと説得しました。この新作戯曲は結果的には、長く困難な仕事になりましたが、3年後、『暗号解読』はロンドン上演の運びとなりました。この間、関係者はみな、ショー、コカレル、デイム・ロレンシアについての戯曲を私がそもそも本当に書く気があるのか、大いに疑問を抱き始めました。スタンブルックの修道女たちに宛てた手紙に、マイケル・レディングトンはこう記しています。

　　ジェイムズ・ルーズ=エヴァンズが昨夜遅く、私に電話をかけてきまして、昨日の午後に皆さんにお会いしたことや、戯曲に関して進展がないこと——それどころか、いかなる状況の進展の知らせも聞かされていないこと——にみなさんがご懸念や失望の念を表明された旨、伺いました。

　その責任はひとえに私にありました。しかし、1987年のはじめには、万事がうまく軌道に乗るように思われ、私は初稿を書きました。これらの準備草稿を携えて、ルーズ=エヴァンズと私はスタンブルック修道院へ乗り込み、修道院が保管するデイム・ロレンシアとコカレルの手紙の収蔵品——それこそ何百通もの手紙——を精査して、興奮と喜びを募らせながらそれらに目を通しました。私はロンドンへ急いで帰り、戯曲の最終稿がようやく固まりはじめました。

　いつものように、目が眩むような原稿の束をお読みくださり、激励や助言を下さった友人たちにたいへんにお世話になりました。とりわけ、スタンブルック修道院のデイム・フェリシタス・コリガン[8]には、その明敏なご示唆によってこの戯曲を著しく豊かにしていただき、感謝申し上げます。この刊行テキストの献辞はマイケル・レディングトンに捧げました。もとはと言えば、彼の着

想だったからです——そして彼の忍耐心が幸いにも報われることを願うばかりです。

　このテキストは1988年1月に入稿され、したがって、リハーサル段階で施された手直しは含まれていません。

ヒュー・ホワイトモア

目　次

序　文　………………………………………………………　1

第 1 幕　………………………………………………………　9

第 2 幕　………………………………………………………　44

訳　註　………………………………………………………　77

訳者あとがき　………………………………………………　93

参考文献　……………………………………………………　105

『最良の友人たち』は1988年2月10日、ロンドンのアポロ劇場において、マイケル・レディングトンによる演出と以下の配役で初演された。
　　コカレル……………………………………………ジョン・ギールグッド
　　ショー………………………………………………レイ・マカナリー
　　ロレンシア…………………………………………ロウズメアリ・ハリス

　　演出：ジェイムズ・ルーズ＝エヴァンズ
　　舞台装置：ジューリア・トレヴェリアン・オウマーン
　　照明：ミック・ヒューズ
　　音響：ピーター・スティル

キュー・ガーデンズ通り21番地の居間と温室、それは「かなり尾羽うち枯らした司祭館」を訪問者に彷彿とさせた。手入れされたヴァンダイク髭[9]の老人が、モリス・チェア[10]に座って、うとうとしている。自然色の、アラブ風の、真っ直ぐ裁断した長い外套が、彼の普段着のスーツを覆っている。これがシドニー・カーライル・コカレルで、戯曲テキストではSCC*と表記される。書類や手紙の束が、彼の脇の大きな整理箱の上にきちんと積まれている。その近くに、典雅な装幀を施した書籍がぎっしりと詰まった書棚が立っている。親友たち（ショーやデイム・ロレンシアを含む）の写真が、その書架にまとめて並べられている。色褪せて、剥げ落ちそうな壁紙。ロセッティ[11]、バーン=ジョウンズ、ラスキンの額縁入りの素描画。ベッドの傍にテーブルと電話。

上手には、書き物机が一つ、たくさんの本に囲まれている。ここに座っているのは、立派な白い顎鬚の、馴染みのある人物、バーナード・ショー——GBS*。下手には、フランス窓が温室に面して開き、温室にはベネディクト会修道女デイム・ロレンシア・マクラフラン——DLM*が、座っている。フランス窓の格子は、スタンブルック修道院[12]で彼女が来訪者に話しかける格子窓を、それとなく暗示している。

1924年、デイム・ロレンシアがショーに初めて会ったとき、彼女は58歳、GBSは68歳、SCCは57歳であった。晩年の数年間は寝たきりであったが、演劇的許容で、SCCは舞台じゅうを自由に動き回ることを許さねばならない。3人の友人は直接、互いに話しかけることもあれば、独白したり、観客に語りかけたり、ある体勢から別の体勢に、控えめに移動する。

* (訳者注) 本書ではこれらの略号は使わず、「ショー」「コカレル」「ロレンシア」と表記した。また、手紙の日付が特定できる場合は、参考のために末尾に日付を付記したが、ホワイトモアの原著にはもちろんこれらはない。

第1幕

　明け方のキュー、ウスターシャー州、エイヨット・セイント・ロレンス村[13]。コカレルは眠っている。ショーは机に向かって仕事中。ロレンシアは開いた戸口に佇み、修道院の中庭を眺めている。カッコウが谷間でさえずる。ショーは顔を上げ、その声を耳にする。コカレルも身じろぎして、鳴き声を耳にする。大聖堂の時計が5時を打つ。コカレルは時間を確かめ、腕時計のネジを巻く。ショーは早朝散歩に出かける。鐘の音が鳴り、スタンブルック修道院の人々を目覚めさせる。ロレンシアは急いで出ていく。コカレルは書類を集めて、拡大鏡で検分する。

コカレル　58年前、ロシアへ行ってトルストイに会った。やけに暑い日だったのを覚えている。1903年[14] 7月13日。ヤースナヤ・ポリャーナ村の近くに彼は住んでいた。道の両側の眺めは美しかった。囲いのないトウモロコシ畑や密集した樺の木、それもイングランドではついぞお目にかかれないほど背の高い樺の木がほとんどの、果てしない森の広がり。長く続く丘陵。青いフクロソウにヒエンソウ、ドッグ・デイジー、ヤナギランの花々に彩られた道路沿いの田園が、広々と続く土地。(*短い間。*) 驚いたことに、いまの私［94歳］は当時のトルストイ［74歳］よりも20歳も老いている。信じがたいことだ。神様は何歳ということになっているか私は知らないが、神様のように年老いているように、彼は思われた。ところが今では、私の方が20歳も上だ。生きているというより死んでいるに近いな、とよく思う。ときおり真夜中に、気弱になるあまり、風のひと吹きで蝋燭のように消えてしまいそうに思える。もうひと冬、越せそうにはない。

(*短い間。*) トルストイは素晴らしい昼食をふるまってくれた。大麦スープ、子牛の肉、サラダ。クリミア・ワイン。とてもおいしかった。いっしょに、ディケンズ[15]、ウィリアム・モリス[16]、ラスキン[17]の話をした。彼は3人とも大いに褒めた。昼食後、2階のビリヤード部屋へ案内してくれた。かなり変わった部屋だった。テーブルには世界中から寄せられた何千通という未開封の手紙が山と積まれていた。感嘆して私が眺めていると、トルストイは肩をすくめただけだった。そのあと仕事部屋も見せてもらった。簡素な家具類ばかりで、絨毯も敷いてなかった。そうしてヴェランダに戻り、お別れの紅茶を飲んだ。トルストイに会いさえすれば、大半の人々と住む世界が違うのだということに気づく。家族愛や祖国愛が、人類愛や神への愛とすっかり溶け込んでいる世界——もっとも、神の実体や神は唯一なのか複数なのかについては分からない、と彼は語ったのだが。それだから、思うに、デイム・ロレンシアがいささか怪訝な思いで彼をみなしていたのだろう。トルストイの作品が自分の人生行路にそぐわないのでは、と危惧していたのだと思う。私はできるだけ彼女を安心させようとした。スタンブルック大聖堂のデイム・ロレンシア・マクラフラン。もっとも愛おしく親密な友人のひとり。(*ショーが入り、服から雨を払い落とす。*)

ショー　スタンブルック大聖堂に通じる道路は、石黄（せきおう）[18]色の液体でぐじゃぐじゃの沼地と、どっこいどっこいだった。激しい雨が降っていた。そこへ出かけたのは、シドニー・コカレルがそうしろと勧めたからだった。当時彼は、ケンブリッジのフィッツウィリアム美術館[19]の館長で、定期的に手紙のやりとりをする大勢の友人仲間を持っていた。

コカレル　(*ベッドから降りて*) 私はさまざまな種類の人々が好きで、友人たちからの手紙は別々の箱に入れてしまっている。友人たちにいちばん求めるものは、理解と個性——もし優れた容姿と機知（ウィット）、

いかに型破りでも、ある種のモラルも備えていれば、なおさら結構。互いに遠ざけておかねばならない友人たちもいれば、引き合わせたい友人たちもいる。デイム・ロレンシアに伝えたことは…（*ロレンシア、登場。*）バーナード・ショーとは長年の知り合いで、もっとも頭がいいばかりでなく、もっとも善良で誠実なイングランド人[20]だということ。

ショー　　案内されたのは小さな、なにもない部屋、談話室だった。スタンブルックの人々は敷地内で暮らしていて、デイム・ロレンシアは格子窓で我々から遮られていた。奇妙な体験だった。格子越しに話をしたことはそれまでなかったから。しかしシャーロット[21]も私も、彼女がたいへん気に入った。

ロレンシア　ショー夫妻が昨日の午後、来訪されました。魅力的なご夫婦でした。ショーさんの芝居『聖女ジョウン』[22]やそのほかの話題を論じ合い、とても心地よい会話でした。このような著名な方に会えて非常に興味深く、話が合いそうだという印象を抱きました。
　　　　　［1924.4.24］

コカレル　ロシア旅行についてウィーダ[23]に話をした。反応はこのうえなく意外なものだった。ウィーダはかつて流行作家だったが、知り合ったころの彼女は、老いて貧しく、トスカナ州[24]の漁師小屋で暮らしていた。トルストイはまったくの愚か者だと、彼女は考えていた。「文学の判断力はまったくもたず、人間の判断力もたいしてない[25]」と、彼女は言った。ロシアに生まれていなければはるかに立派な人になったのに、と考えているようだった。なぜそうなのかは、私には想像できない。彼女はとても奇妙な考えを抱いていた。初めて出会ったとき、私がただのシドニー・カーライル・コカレルだとは信じてもらえなかった。だれかお忍びの著名人に違いないと思い込んでいた[26]。

ショー　　（*コカレルに向かって*）なぜ彼女はデイム[27]と呼ばれるんだ？
コカレル　誰がなんと呼ばれるって？

ショー　　　デイム！―デイム！―なぜデイムと呼ばれるんだ？
コカレル　　大声でわめかなくてもいい。
ショー　　　君の耳が遠くなってきているからさ。
コカレル　　ばかばかしい。で、何て言ったんだ？
ショー　　　君の友人の、例の修道女のことを訊いていた。なぜ彼女はデイムと呼ばれるんだ？
コカレル　　ただの呼びかけの言葉、それだけの話だ。
ショー　　　修道士たちが互いに〈ドム[28]〉と呼び合っているようにか。
コカレル　　その通り。また会いに行くつもりかね？
ショー　　　いいや、二度と。（*短い間。*）いつからあそこに入っているんだ？
コカレル　　かれこれ50年になる。
ショー　　　おや、それなら話はまったく別だ。行けるときはいつでも行こう。

（*コカレルは笑う。*）

コカレル　　親父がかつて私にこう言った、「大きくなったらいまの父さん以上に立派な人になってくれよ」と。ほんの10歳のときに親父は亡くなったけれど、それは無理なことだと、子供心に悟った。美術館職員としてどれほど出世したのか知れないが、ほとんどの点で、私は取るに足りない人間だ。友人ないし知人関係のお陰で、不釣り合いなほどの光栄を私は得てきた。著名人たちで飾り立てたベニア板のような虚飾を剥がしてみれば、あとには何が残るだろう？　想像力の閃(ひらめ)きひとつ持たず、些細なものさえ作り出す術を教わらなかった、役立たずの両の手を、私は落ち込んで見つめる時もある。ことによると、だからこそ、自分より優れた人々と付き合おうといつもしてきたのだろう――親切で愛しい友人たちをきらびやかな星の数ほど持った者は、私以外にはいなかった。ことによると、だからこそ、途方もないほど人生を楽しみ続けているのだろう。

（*コカレルは書類に戻る。*）

ロレンシア　私は『聖女ジョウン』の本を持っていて、「ブラザー・バーナー

ドからシスター・ロレンシアへ」と書き込みがあります。(本は*彼女の片手にある。*) ショーさんはすこぶる修道的になってきています。『聖女ジョウン』は素晴らしい劇で、簡潔な形で(さぞかしお骨折りだったことでしょう) 高い芸術性に到達しています。ジョウン自身も見事に描かれていますが、ショーさんの描く審問の様子は気に入りません。プロテスタントに対して同情的すぎるからです。[1924.4.15]

(ショーは、片手にロレンシアの手紙を持って、振り返る。)

ショー　親愛なるシスター・ロレンシア、拙著のような異端文学をお読みの際は、カトリック教徒だけでなく、プロテスタント教徒のほかにインド人や東洋人も含む観客に向かって私が語りかけていることを思い起こして下さらねばなりません。ひとえにカトリックの視点から書けば、私の本はアイルランド教会で売られている安っぽい聖人伝にしか、せいぜい達しないことでしょう。私は自分の声があらゆる土地に響き渡ることを望んでいるのです!
[1924.12.23]

コカレル　以前ショーから聞いた話だと、いつも速記で原稿を書き、あとで秘書にタイプさせるのだという。

ショー　私は劇がひとりでに書き進み、おのずと形をとるようにさせている。ときには、自分でも、劇がなにを言おうとしているのか、書き上げてかなり後になるまでわからない場合がある。

コカレル　筋の方はどうなんですか? どうやって筋を思いつくんですか?

ショー　筋はけっして作らない。往々にして、次の頁で何が起こるのか自分でも分からない。筋というのは、いままでずっと、深刻な劇、実はあらゆる深刻な文学作品の持つ、たたりなのだ。

コカレル　なんとまあ、途方もないことを。

ショー　途方もないとは…?

コカレル　執筆が、至極たやすいような口ぶりをされるから。

ショー　じっさい、たやすいのですよ。芝居を書くのは大変ですか、と人

から訊かれると、たやすいか不可能かのどっちかです、といつも答えている。骨が折れるとも言えるだろうが、それはまったく別の話。だが、素人の作家が、ひどく困りも迷いもせずに、はなからそれができるのでなければ、劇作などは金輪際、やらないほうがいい。手に余る仕事だから。

ロレンシア　親愛なるコカレルさま、先週の金曜日に、ブラザー・バーナードとショー夫人の再訪を受けました。バーナードは驚くほど若々しく溌剌とした様子で、子どものような青い瞳で、たいそう好感が持てます。こちらが彼の言いたいことが分かったと思うときに、奇妙な微笑みをさっと浮かべる素敵なコツをお持ちです。ドライブに誘って下さいましたが、あなたのお許しを貰っていなかったので、お断りしました！　私のような者に会いに来て下さるなんてお二人は素晴らしく親切な方々だと思います。あいにく晩祷の時刻が迫っておりましたので、15分しかご一緒できませんでした。

ショー　（*手紙を開封して*）ノーベル文学賞を授与されたが、それは今年、私がなにも出版しなかったことで世界中の人々が安堵感を抱いたことに対する感謝のしるしだと推察している。賞金の 7,000 ポンドは辞退した。その金は、とっくの昔に無事に浜辺に泳ぎ着いた者に投げられた救命浮輪だ、と言ってね。
（*コカレルはこれを聞いて、ロレンシアと共に楽しさを味わう。*）
私の決断は何百人という人々、とりわけアメリカ人に驚くべき影響を及ぼし、そんなに金持ちなら自分たちにいくらか貸すべきだと匂わせる手紙をよこしてきた。そこでいま私が稽古しているのは、世界中の人々への博愛の気持ちと、どんなアメリカ人だろうと 500 ドル送金して破産から救ってやるつもりなどないという獰猛な決意、この２つを織り交ぜた、複雑な表情を浮かべることだ。（*いま彼が読んでいる手紙は、明らかに、金を無心する内容である。*）ダイナマイトを発明したことではアルフレ

ド・ノーベルを赦してやってもいい——だが、人間の姿をした悪魔以外にノーベル賞は発明できなかっただろう！

（ショーは笑って、手紙書きに専念する。）

ロレンシア　ブラザー・バーナードが『リンゴ運搬車』[29]を贈ってくださり、とても面白く読みました。なんという対話なのでしょう！　第2幕がとても興味を惹きました。氷のように冷たく明晰な頭脳の下に情感がみなぎっているのが分かります。

コカレル　（少しの間、目を上げて）ブラザー・バーナードの人生における情感的な逸話はひとつも知りませんし、自由に退却できないような男女間のごたごたに彼が関わったことは一度もないと思ったことでしょう。

ショー　セックスは、永続的な関係を築く土台としては役立たないと分かったので、セックスがらみで結婚を夢見たことはまったくない。私はセックス以外のあらゆることを優先し、色事の一夜を過ごすために社会主義に関する講演の約束を断るとか、反故にするとかしたことはない。性行為は好きだったが、それは、性交には、天にも昇るような情感の洪水と存在の高揚感を生み出す素晴らしい力があるからで、そうした感覚は、いつの日か、人類が知的な恍惚感にあるときの普通の状態かもしれない見本を、ほんの束の間とはいえ、与えてくれたからだ。

コカレル　バーナード・ショー同様、女性に初めてキスしたのは28歳のときでした——しかも向こうからしてきたのです！　それ以来、非常に多くの女性とキスをし、愛撫する間柄を続けてきましたが、最終的な深い関係に至ったのはそのうちの一人だけ、いまの妻だけでして、40歳のときに結婚しました。それまでは、貧乏ゆえに結婚せずにいられたのです。あいにく、私は性欲旺盛で、私の禁欲は厳しい試練を受けました。しかし、私の自制を促しているのが立派な逡巡の気持ちなのか、それとも起こりうる結果を恐れるがゆえなのか、いまだにはっきりと決めかねています。

ショー　　　一時期、妻を見つけるもっとも賢明な方法は広告を出すことだと考えた。「募集——60 歳前後のまずまず健康な女性。菜食主義者向けの質素な料理作りの経験と、夫が留守のときに手紙を転送する読み書き能力があり、それ以外は無教育の者。不器量で、おっとりとして嫉妬深くない性格に限る。できれば親類縁者なし。貴婦人はお断り。観劇経験皆無が望ましい」。

ロレンシア　修道女は勇気ある人間であってしかるべきで、ただ親切で可愛らしい人間ではいけない。俗世を離れるように私たちがお召しを受けたのは、神のために仕事を為すため、神のために物事に耐えるため、精神的あるいはその他の試練という形で神が私たちに課すことを望まれることを忍ぶため、そしてもちろん、亡くなった方々やすべての人々のために祈りを捧げるため。神のお召しの声が聞こえないような、あるいはその声を黙らせるようなことさえ私たちはしたかもしれませんが、その穏やかな声は繰り返し訴え続け、こうしていまの私たちがあるのです。その神秘的なお召しの声の喜びと苦しみを私たちはみな分かっています。〈プロヴィデバム・ドミヌム・イン・コンスペクトゥ・メオ・センペル〉——〈我、つねに主を視野に置く〉。私の考えでは、人々は精神的生活をひどく複雑なものにしてしまっています。厄介な問題など、なにひとつあってはなりません。ただ神に専念すればよいのです。

コカレル　　親愛なるシスター・ロレンシア、私は定まった信仰を持たない人間です——すべての偉大な宗教に共感するあまり、どれか一つの宗教にだけ執着することができず、偉大な神秘に畏怖の念を抱くあまり、その解明を認めることができないのです。聖フランチェスコ[30]への愛からアッシジ[31]へも参りましたし、聖パウロに捧げるいっそう強い崇敬の念からダマスカス[32]も見物しました。しかし、釈迦牟尼や孔子ゆかりの土地も同じような感情で眺めるでしょう——そして、イスラム教徒たちをちょっと見

たことがあり、エジプトの、いまは亡きグランド・マフティ[33]、もっとも賢明でもっとも温和でもっとも尊敬に値する人間のお一人も存じ上げていたので、イスラム教徒がキリスト教や、いっそう開化したイスラム教以外の宗教に改宗させられることに私は反対です。ある特定の宗教を信仰することでもっともいけないことは、他の宗教すべてが間違っていると見なすようになることです——私としては、大なり小なり、すべての宗教に一面の真実があると考えたいのです。この世が生んだもっとも偉大な3人の人物は、イエス、ミケランジェロ[34]、アレキサンダー大王[35]で——この順番だと信じています。こんな話をいたしますのは、あなたが相手にしているのがどんな不信心者であるか、分かっていただくためです。

ロレンシア　ご自身の宗教観をとても虚心坦懐にお話し下さり、ありがとうございます。定まった信念を持たない人間はおおいに哀れむべき存在です、と申し上げても、お気を悪くはされないでしょう。(ロレンシアはコカレルの手紙を読んでいたが、それを脇へ置いて机上を片づけ始める。) 宗教を表明するために人々が用いるさまざまな方法に長所があることは認めますけれども、すべてが同じように正しいなどということが、どうしてありえるのか、私には分かりません——とりわけ、神が人間にはっきりとした啓示をお与え下さったことを、私たちが認めている（おそらくあなたはお認めでないでしょうから）場合には。あなたが紛れもない不信心者だと思い込むことはいたしませんが、神やキリスト教があなたのお考えのどこに位置づけられるのか、私には分かりません。もちろん、だれかれ問わず改宗させることを私たちは唱えているわけではありませんが、聖フランチェスコなら、あなたを改宗させたあと、エジプトへ赴き、あなたのいまは亡きお友だちのグランド・マフティをキリスト教徒にしようと頑張ったことでしょう！

コカレル　あなたの信心に私がショックを受けていないのと同様に、私の不信心にあなたがショックを受けていらっしゃらないご様子に安堵いたしております。無論、私たちはどちらも、少しばかりショックを受け、違った具合であればいいのにと願ってしかるべきなのですが、私たちがこれまで同様に良き友人でいることを妨げるものは、どうやらなにもないようです。
　　　　　　（ショーはロレンシアに話しかける。）
ショー　　聞いてびっくりされるでしょうが――そして、喜んでも下さるといいのですが――まもなく私は、巡礼者になります。
ロレンシア　どのような巡礼者に？
ショー　　聖地詣で[36]に参ります。エルサレム、ナザレ、ベツレヘム、ダマスカスです。
ロレンシア　私も誘って下さらないと。
ショー　　そうしたいのは、やまやまですが。
ロレンシア　気持ちのうえでのお話ですわ。見たことはありませんが、よく知っているように思える聖地に、私の心を駆け巡らせてくださいね。
ショー　　たしかにそういたしましょう。
ロレンシア　それに、私の愛と崇敬を主の御許に捧げ、カルヴァリ[37]からなにか記念の品をお持ち帰り下さい。[1931.3.1]
ショー　　ええ、そうしましょう。
ロレンシア　ご出発はいつ？
ショー　　3月です。（ショーは戸口へ向かい、麦藁帽子を手に取る。）マルセイユ、エジプト経由で参ります。（ショー、退場。）
コカレル　（自分の日記を読みあげて）1890年代に私はショーとイタリアへ出かけた。その旅は美術家同盟のために計画され、30人ほどが参加したが――男ばかりだった。私は生涯に、84回の外国旅行をし、一番多く行った先はボーヴェ[38]とシャルトル[39]――ラスキンの言い方だと「チャーターズ」だった。妻は病弱だったの

で、一度も一緒に行かなかった。GBS（ショー）はヴェネチアにそれほど感動しなかった。サンマルコ大聖堂 40) は、ショーの考えでは、鉄道の駅にするのが理想的だ、とのことだった。蚊や蚤にかまれてたいへん苦しんだ。ショー曰く、唯一の治療法は、思いっきり汗をかいて、蚤どもにリューマチをくれてやることだ——一生涯、数秒おきに跳びはねねばならない虫にとっては、ひどく不愉快な病気だからね、と。（ショー、登場。）

ショー　聖パトリックの祝日（3月17日）だというのにダマスカスにいます。百日間の贖宥と誂（あつら）え注文のミニ・スカート、ゲイター・ブーツ、フェア島セーター、しゃれたレインコート、小型望遠鏡つきカメラ、赤い縁取りの茶色の日傘、それにレヴェランス社製のスーツケースを用意して、スタンブルックで想像してきたものをご自分の目で見るためにここへ急いでお出で下さいと、シスター・ロレンシアを説得すべきかどうか、自問しております。その問いには答えを出さずにおきましょう。しかし、ここへ来ればどのようなことが起こりうるか、わが身に起こったことですから、お話ししましょう。聖地入りは夜になるかもしれませんが、空一面に見慣れない新しい星座が広がり、見覚えのある星座は配置があべこべですけれども、深い素敵な青色に感じられる空には、星がやさしく大きく頭上のすぐ近くにあることでしょう。日の出時分に、果てしなく続く平坦なデルタ地帯のエジプトの地をすっかり後にして、丘陵の田園地帯へと入ると、いたる所にある石から苦労して作り出した狭い耕作地が点在しています。幼な児を腕に抱きかかえた女性が現れると、幻想的な雰囲気が漂います。こうした最初の1時間では、自分が向上した感じはしません。この土地でキリストが暮らし成長したのだとか、ここでマリアがキリストを産み育てたのだとか、こことそっくり同じような土地は世界中にひとつもない、とかそうした感情を抱きます。そののち、ガイドたちがもっと正確に説明してくれます。ここ

が、ガイド曰く、宿屋の 厩（うまや） です。ここが大工の仕事部屋です。ここが最後の晩餐が出された2階の部屋です。もちろん、ガイドたちは作り話をしているのです——証拠はなにひとつないのですから。ナザレでは、マリアは通りにある井戸を使ったわけですが、当時（そして現在も）町にはそれ以外に使える井戸はなかったからです。しかし、マリアが汲んだ水は涸れ、委任統治する英国政府によって設置された水道蛇口から出る新しい水が、誰もが利用できる水です。ナザレにあるそれ以外のものはみな、丘の町としての自然の美しさを除けば、まやかし物で、人目もひかず見栄えもしない教会が1軒、お粗末な記念碑として建っているだけです。ヨルダン川の泥だらけの湾曲したある地点が、鳩（精霊）が降り立った場所と呼ばれているために、瓶詰めの泥を売る露店と引き換えに、川全体が冒瀆されています。私はティベリアス湖[41]で泳ぎながら、少なくともここは、キリストが水面（みなも）を歩いた跡であるとか、奇跡的な漁獲が網で得られた場所であるとか、誰にも特定できない、キリストゆかりの湖なのだ、と心地よい気分を味わいました。キリストをどこか特定の場所、しかも多分、実際にはいなかっただろう場所に祀（まつ）るよりも、あらゆる場所に祀る方がよいのです。丘陵が列車の上にほとんど山脈のようにエルサレムまで聳え、山間（やまあい）をうねるように列車は進んでいくので、車窓から最後尾の車両がみえるほどです。エルサレムに到着して驚くことは、この土地が賑やかな近代的郊外の雰囲気を持っていることです。聖墳墓教会[42]は、同時期の西洋建築を見慣れた目には、二流の代物であり、教会内部の「財産」をめぐる宗派間の論争は啓発的ではありません。私はしかるべく、聖墓へと続く狭い通路を入り、油を私の両手に塗ってくれた奇妙な衣装（いでたち）の司祭に心付けを与え、司祭の感情を損ねないようにできるだけ信心深い表情を浮かべましたが、あなたがここにいらしたなら失望されたことだろう、と思いました。（ショー

は杖に凭れ、疲れた様子で額の汗を拭う。）その日の残りずっと、私は山越え谷越えして、エルサレムの悪口を言いました。オリーブ山[43]（実際には、オリーブなし）に案内されて町の有名な光景を見せられたとき、私が言った唯一のセリフは、「バクストン[44]そっくりだ」でした。しかし、人の感じ方はそれよりも複雑なもの。キリスト昇天が為された石に佇むとき、伝説が感じさせようとするあらゆる感情に加えて、昇天のための離陸地点としてイエスが最高地点まで登っていく姿を想像して、純粋に滑稽な楽しみもまた、同時に感じるのです。信仰心と旅行者の観察が、このうえなく奇妙な具合に互いに交錯するのです。［1931.3.17］

ロレンシア　親愛なるブラザー・バーナード、あなたの目を通して聖地を見たような気分を味わうことができ、自分の目で見たときよりもはるかにたくさんのものを明らかに示してくださいました。そういうわけで、あなたが描かれる魅力的な衣服は買わないことにして、スタンブルックのわが庵（いおり）から世界を眺め続けることに決めました。聖地のなかでももっとも神聖な土地がどこだか特定されえないと考えることには、私はすこしも困っておりません。むしろ正反対です。キリストが、パレスチナの地で、いわばその土地固有のものになり——キリスト教のメッカが存在するならば、その方が私の心をもっと苛（さいな）むことでしょう。「地は主のもの」であり、主は精神的にも、また真の意味でも近づきやすいように、偏在されているのですから。とはいえ、欠点は何であろうと、聖地にいらして、主が目にされた光景を肉眼で眺め、その湖で泳ぐことは、さぞかしありがたいことに違いありませんし、あなたのご体験を残らず分かち合えることが許されて、私はわくわくしています。［1931.4.18］

　（コカレルは編集している目録を脇へどける。疲れ果てていて、眼鏡をはずし、両目をこする。）

コカレル　　どうしようもないほど多忙でした。絵画鑑賞にセイント・ジェイムズ宮殿[45]へ出かけ、アート・ワーカーズ・ギルド[46]の会合、イートン[47]でジェイムズ博士[48]と昼食、その後タプロウ[49]へ行って、ウォルター・デ・ラ・メア[50]一家と彼らの素敵な新居で一夜を過ごし、古物研究家協会の会合でイングランド中世の草稿に関する研究発表を聞き、シャーロット・ミュー[51]とともにグランヴィル・バーカー[52]のシェイクスピア講演を聴講し、昨年冬のエジプトでの発見に関するフリンダーズ・ペトリ[53]の別の講演（老レイデイ・リトン[54]が同伴者でしたが、じつによいご婦人でした）を聞き、さらには王立協会の懇談会、ブラザー・バーナードの『シーザーとクレオパトラ』[55]観劇、あれこれの方々とのお茶会やディナー。大変な生活、苦しみの生活であるのに、なにも達成できていないことにお気づきでしょう──もっとも、素晴らしい13世紀のノートル・ダム聖書[56]をなんとか買うことができました。すこぶる壮麗で非常に保存状態のいい本です。あなたが箒にまたがって見に来られれば、と願っています。

ロレンシア　　なんという目まぐるしいお暮らしぶりなのでしょう！　思索するお時間はいつ工面されるのですか？　ノートル・ダム聖書はすばらしく思えます。箒の状態をほんとうに調べておかねばなりません。

ショー　　親愛なるシスター・ロレンシア、カルヴァリの名残りの品をご所望でしたね──しかし、カルヴァリはいまや、教会の舗道の一角にすぎず、油断なく警備され、持ち去ることができるものは付近になにひとつありません。本当のカルヴァリの所在地は誰にもわかりません。市外の丘など、数限りなくあるからです。「悲嘆の道（ヴィア・ドロロウサ）」[57]と称するものを、子どもたちを追い払うためにクラクションをやかましく鳴らしながら、自動車で横切りました。そしてベツレヘムへ向かい、降誕教会（チャーチ・オブ・ザ・ナティヴィティ）[58]の玄関先から小石を1個拾いました。イエスの足がその上を駆け回り、

イエスを大人しくさせようと追いかけたマリアの足も触れたとき、たしかに存在していた石灰岩のかけらです。じっさいには小石を2個、拾いました。1つは、スタンブルックの庭に無造作に放り投げ、ベツレヘムの石がそこにいつもあるのだけれど、どれがその石なのか誰にも分からないので盗む気にならないようにするためで、もう1つは、あなたご自身のためです。戻ったらそれを差し上げるつもりですが、帰路で私が息絶えることがあれば、両手に石を1個ずつ握りしめて天国の門に赴き、そうすれば、聖ペテロが気をつけの姿勢で石に会釈し（ついでに、この私にも会釈し）、門の鍵を開けて私の前でさっと開いてくれていることでしょう。そんなはずはないと思いますけれど、もし門にずっと鍵がかかっているのなら、少なくとも彼はそうするでしょう。

（*ロレンシアは、銀色の小さな聖遺物を持ち上げて、コカレルに見せる。*）

ロレンシア　ブラザー・バーナードがこれをくださいましたの。素敵でしょう？

コカレル　とても、とても素敵です。

ロレンシア　たいそう寛大な方ですわ。みんなすっかり、感きわまっております。聖なる遺物じゃありませんこと？——ベツレヘムから持ち帰られた小石なのですから。

コカレル　ほとんど中世のもののようですな。

ロレンシア　ええ、でしょう？　このような細工をいまでも施せる銀細工師[59)]がいることに驚いています。

コカレル　銘が刻んでありませんね。

ロレンシア　刻むべきだと？

コカレル　そうですな、その方がいいかもしれません。その目的を説明し、寄贈主を示す簡潔な銘を。

ロレンシア　ええ、ことによれば。

コカレル　　　いい考えではないようですかな？

ロレンシア　　もしかするとブラザー・バーナードのご意見を伺うべきかもしれません。

ショー　　　　親愛なるシスター・ロレンシア、コカレルは不信心な無神論者なのです。あの男には、聖なる遺物はサッカーの優勝杯にすぎないのです。いったいぜんたい——あなたの布地を別にすれば——なにを聖遺物に押し当てることができるでしょう？　私たち2人の名前を刻むわけにはいきません——そうでしょう？　まったくもってひどい話に私には思われます。「その目的を説明する銘」ですと！　その目的が説明できるのなら、宇宙の説明もできるでしょうに。私には無理です。あなたはできますか？　もしコカレルが自分ならできると考えているのなら——そして彼にはその能力がなかなかありますが——好きにさせてみて、結果をローマ法王へ報告させればよいのです。親愛なるシスター、その石には私たち2人の指紋がついていて、さらには、どなたの足跡がついているかは神のみぞ知る、です。それで十分じゃありませんか？［1931.10.25］

ロレンシア　　親愛なるブラザー・バーナード、あの美しい聖なる遺物が修道院長やすべての修道女たちからどれほど賞賛されているか、お伝えしたく思います。

　　　　　　　（彼女は箱にリンゴを詰め始める。）

　　　　　　　このような場所へそうした贈り物をされることで、とても熱烈な祈りの対象となる危険に身をさらされておられます。あなたのためにお祈りを捧げますと誰かに約束されて、そんな人目を避けたやりかたはご免蒙る、と言い返した方のようにならないで下さるとよいのですが。あなたは私たちみんなの恩人でいらっしゃるのですから、その結果に責任を負っていただかねばなりません。［1931.10.12］

ショー　　　　祈りの対象となることはかまいません。ラジオをいじっている

と、世界中の音声が部屋にあることに気づきます。周波数のダイヤルを動かすと捕捉できるのですよ——ドイツ語、フランス語、イタリア語、知らない言語も。ラジオもまた祈りの言葉であふれています。そしてもし私が神様なら、すべての祈りにダイヤルを合わせて聞き取ることができるでしょう。その祈りの声がどのような影響を持つのか、誰にも分かりません。もし仮に、ラジオが私に対する善意の衝動にあふれているのなら、私にはなおさら結構なことです。そうでないと考えるのは、驚くほど非科学的でしょう。ですから、シスターのみなさんが私に分けてくださるお祈りを、できるだけすべて私にお与えくださり、あなたのお祈りにおいても私をお忘れにならないで下さい。

［1931.10.25 追伸部分］

ロレンシア　親愛なるコカレルさま、この手紙は、数日中にリンゴ一箱がお手元に届くことを、なにはさておき、ご連絡するためのものです。リンゴの豊作にただもう圧倒されておりまして、収穫と消費に時間を費やしております。

コカレル　（テーブルにはボウル一盛りのリンゴがある）今朝、みごとなリンゴが到着し、大喜びに包まれました。さだめし、エデンの園以来の最高のリンゴに違いありません。このリンゴは、アダムへの同情の念を私に初めて抱かせました。このところブラザー・バーナードとはまったく顔を合せておりませんが、労働党の選挙運動をしているのでしょう。私は保守党(トーリー)へ投票します。労働党の軽率さを危惧しているからで、もっとも、かつては私の共感はすっかりその方向を向いていたのですが。

（ロレンシアはまだ、リンゴを磨いては詰めている。）

ウスターに着き次第、拝顔いたしたく、愛と熱望をこめて、擱筆します。

二伸　すばらしいリンゴに重ねてお礼申し上げます。ご健康を祈ります。

ロレンシア　荷物が無事に届いてたいへん嬉しく思います。私は大のリンゴ好きで評判の者でして、同じ状況に置かれていたら、イヴ同様に、よくないふるまいをきっとしたことでしょう。（リンゴをかじる。）お陰さまで私はとても元気で、しかもすこぶる陽気でおりますが、そうであるのも宜(む)べなるかな、です。

（コカレルはナイフを取り、リンゴを1個、途切れることのない細長い筋状に、円を描いて皮を剥き始める。）

コカレル　私は幼いころから熱心な蒐集家でした。苔、蝶、蛾、あらゆる種類の昆虫、貝、化石、切手――なんでも集めました。その後は書物でした。書籍、美しい印刷物、古文書。若かったころ、ケルムスコット印刷所(プレス)[60]でウィリアム・モリスと仕事をしました。のちに、彼が亡くなると…

（リンゴの皮むきは終わり、コカレルはリンゴを4等分する。）

…私は生まれつきの蒐集本能を利用して、大勢の裕福な鑑定家たちが稀少な古文書を入手する手助けをしました。（4等分したリンゴの一切れを食べる。）そういった蒐集家のなかに、わが友ダイソン・ペリンズ[61]――リー・アンド・ペリンズ[62]のペリンズ、例のウスター・ソース[63]の人々がいました。1907年の顕現日(エピファニー)（1月6日）の前夜に、私たちは13世紀の英語版『詩篇』を鑑定に、スタンブルックへ向かいました[64]。

ロレンシア　ペリンさんの車が私の窓の下で大きな音を立て、平安を乱しに誰が、そして何がやってきたのかと思ったことを覚えています。

コカレル　スタンブルック修道院印刷所は1870年代に設立されました。その目的は、その修道院およびイングランドのベネディクト会修道士ならびに修道女の要求に応えること、さらには折りにふれて、健全で精神的ないし知的な価値のある作品を出版することでした。彼らの共同体に対する私の関心は、ラスキンがかつて私に、聖ベネディクト伝を執筆する構想があると語ったことで強まりましたが、彼の執筆はそれほど捗(はかど)らなかったことと思います。

　　　　　　　私はデイム・ロレンシアの学識に深く感銘を受け、また、修道女
　　　　　　　たちの表情は、彼女たちが世間やその驚異の多くから隔たってい
　　　　　　　ても、心穏やかで満ち足りていることを物語っていました。(も
　　　　　　　う一切れ、リンゴを食べる。)スタンブルックへの最初の訪問は、
　　　　　　　私に多くのことを考えさせました。

ロレンシア　　あなたが「学識」と喜んで呼ばれるものの源についてどうお答え
　　　　　　　すべきなのでしょうか！　聖ベネディクトの娘たちは、静かに人
　　　　　　　目につかずにいることが好きですけれども、伝統的に向学心を
　　　　　　　持っています。私が持っているささやかな知識は、私たちの言
　　　　　　　う「信仰生活」の過程で得られたものです。
　　　　　　　(ショーは次第に興味を示して聞き入る。)
　　　　　　　私たちは、たとえば、もともとのグレゴリオ聖歌を復活させる運
　　　　　　　動に非常に関心があり、毎日、聖歌隊で中世の版を使っておりま
　　　　　　　すので、その事については相当徹底的に学んできました。私たち
　　　　　　　が非常に満ち足りているとお思いなのは、図星を指しています。
　　　　　　　私自身としては、修道女ほど満ち足りた者はこの世に一人もお
　　　　　　　りません。私たちの修道生活はそれ自体がひとつの世界で、そ
　　　　　　　れなりの驚異にあふれ、現実にあふれ、興趣にあふれています。
　　　　　　　もちろん、こうした幸福は、修道生活へのお召しを前提といた
　　　　　　　します。
　　　　　　　(ショーはロレンシアに話しかける。)

ショー　　　　日々、どのようにお過ごしか教えてください。なにをされている
　　　　　　　か皆目、私には分かりませんので。

ロレンシア　　どんなご想像を？

ショー　　　　想像では…そうですな、何時間ものお祈り。音楽。礼拝堂での聖
　　　　　　　歌隊。簡素な食事。瞑想。庭の散策。静寂。静謐。

ロレンシア　　(微笑む)それよりかなりもっとありますのよ。私たちの生活は
　　　　　　　とても充実しています。
　　　　　　　(コカレルはやかんの湯を湯たんぽに入れて、聞き入る。)

5時起床[65]。賛歌は5時半。6時に30分間のお祈り、そのあとノックを受けて歌唱の一時課、つづいて早朝ミサ、そして7時45分に朝食——お茶1杯で、立って飲みます。そして1時間の肉体労働。個室や共同寝室、教会の清掃（慣れないと大変です。ひどい女中膝になってしまいます！）。荘厳ミサは9時で、それに先だって三時課、あるいは三時課と六時課、あるいは三時課と六時課と九時課。10時15分から聖書を読み、その後1時間の学習。午餐は11時半、その後1時間の休養。1時半から作業があります——縫物や刺繡、機仕事（衣服はすべて自前です）の場合もありますし——果物の収穫、ラヴェンダーの収穫、牛や鶏の餌やり——それに豚2匹（ゴグとマゴグ[66]）にも。印刷の仕事も私たちを忙しくさせます。翻訳したり、書いたり、他にも多くの仕事があり、スタンブルック印刷所はたいそう骨が折れます。ここでは、コカレルさんがものすごくお力添えを下さいました。すぐれた印刷物の見本をお貸しくださり、私たちにご指導やご教示を下さり、最大限のご鞭撻をいただきました。書物や芸術の分野におけるコカレルさんの知識は特筆に値します——比類なく、本当に胸躍らせるものです。私たちはあの方にたいへんにお世話になっています。2時45分に午後のお茶、3時に晩課、3時半に参事会館で会議、4時半から学習や読書、お祈り、そして6時に夕食、そのあと休養——ことによると、庭の散歩、7時半に終課、8時半に朝課、そして就寝——ふつう、10時か10時半ごろです。毎日、同じです、一年365日、休暇も休日もありません。

（ショーは彼女をじっと見る。）

ショー　　　本当にびっくりしました。考えただけでもへとへとです。こうした生活を送ろうとずっと思っていらしたのですか？

ロレンシア　いえいえ、けっしてそうではありません。ここの学校で学んでいたのですよ。当時の私は、修道女嫌いで、修道女にはぜったいに

なりたくないと強く思っていました。ところが、クリスマスに、父から手紙が届き、「満足しているか？」と訊いてきました。私はペンを噛み、この問いかけをあらゆる角度から検討して、自分はみじめです、と言いたかったのですが、真実を伝えねばなりませんでした。そこでペンを取ってさっと書きました。「はい、とても満足しています」と。父のその問いかけはずっと心に残りました。それまで考えたことがないほど深くそのことを考えました。すると、我らの主（しゅ）が、私の心をお求めであるのを悟ったのです。私の心を主（しゅ）に捧げずにはいられませんでした。
（鳥のさえずりと遠くから聞こえる聖歌の歌声。）

コカレル　昨日のスタンブルックへの短い訪問は、まったく申し分のないものでした。あなたにお会いできて、なんて嬉しかったことでしょう！　すてきな歌声が私の心からすっかり消え去ることは決してないでしょう。車を運転しての帰り道で、野ウサギが野原で戯れ、空にはチドリやヒバリの姿が目に入りましたが、そのとき私はあなたのことに思いを馳せて、こうしたことが私に与えてくれる感激からあなたが切り離されていることが残念でした。こうしたことをあなたは味わうことができなくて寂しいことを、お気の毒に思ってはならないでしょうか？

ロレンシア　私たちを籠の鳥のようにお思いにはならないで下さい。私たちはそのような描写には少しも当てはまりません。
（グレゴリオ聖歌が止む。）
　私たち自身の天国の壁の内部には、聖フランチェスコ様さえ満足させる生き物たちがじゅうぶんにおります。野ウサギは稀ですが、愛嬌のあるアナウサギを飼っておりますし、鳥については、私たちのヒバリやナイチンゲールはほかに比類がありませんし、ここのツグミのさえずりは、よそのどこにも、スコットランドにも負けません。いささかなりとも切り離された印象がある場所は談話室だけですが、私たちはそこの格子を、私たちを閉じ

コカレル	込めるのではなく、あなた方を締め出す柵と見なしております。たしかに、私たちはみな、ある意味で籠の鳥ですし、ほかの女性たちを束縛する手枷足枷の一部があなたには無縁です。私を締め出すという点については、その状況を私は喜んで受け入れますし、差し支えなければ、ほかでもない私の方こそ、広い大地に閉じ込められている、と仰られてもかまいません。私はその闘い、大地で私が担う気楽な役割が、大いに気に入っており、イバラやアザミから守られて、格子の裏側にいたいとは、どんなことがあっても、思いません。
ロレンシア	こうは思われませんか——信仰生活においてはイバラやアザミは避けるべきものである——と？　修道院コミュニティは、なにかと辛い試練を味わうことがよくあります。まずはじめに、84人の人々が共同生活をすれば、かならずときには火花が散るものです。最大の奇跡であると思うことがよくあります。これだけの修道女が共同生活を——明けても暮れても——送りながら、まだ、ただの一度も殺人が起きていないことを！
コカレル	信仰生活においてはイバラやアザミは避けるものだと、私が思うかどうか、お尋ねでしたが——まったくその通りだと強く思います。俗世の虚栄を放棄し、同一の神聖な奉仕にご誓約を立てられた女性がたのコミュニティにおいて、重大な逸脱行為の機会が、監獄よりも数多くあるとは思えません。もちろん、あなたの素晴らしい同情心によって、修道院の四囲の壁をはるかにこえて、魂における逍遥を行い、あなたのご友人がたが破滅する可能性まで分かち合うことはないにしても、彼らが受けた痛手の、なにがしかをほとんど分かち合うことがおできになることは存じております。
ロレンシア	私たちがこの世でもっとも深く苦しんでいる者である！などと、あなたに思い込ませることは望んでおりません——ただ、俗世を捨てることで苦労がなくなるものではないことは述べておき

コカレル	ごくお若いころに選ばれた人生がこれまで至福に満ちたものだったことと拝察いたしますが、もし万一、もう一度その選択ができるとしても、同じ道を選ばれるでしょうか？
ロレンシア	ええ、かならずそういたします。

（ショーはこの議論に耳を傾けている。）

選択をする際の自分の知恵には、我ながら驚くことがときどきあります。なにしろ当時の私は、若くて、まったく愚かで、愉しいことがたいそう好きだったものですから。ことによると私の若さは、私が発揮した知恵と関わりがあったのかもしれません。若者は往々にして、自分にとって正しいことについて明確な洞察力を持っていると私は思うのです。天職は——どんな種類の天職でも——とても個人的な事柄で、名状しがたく、ほとんど抗いがたい力を伴っていて、その影響はとても永続的です。それは 心 の 問題、と呼んでもいいかもしれません。なぜなら、もしお召しの声が聞こえたなら、人の心は俗世の事柄に安住することはできないからです。

コカレル	あなたと同様に、私も自分の人生、過ち、愚行、などなどをもう一度繰り返したいとだけ、願っております。身の程知らずの幸運に預かってきたことをわきまえておりますので。さまざまな誘惑にかんしては、ときには負けたことがあるかもしれませんが、誘惑を受けたことをありがたく思っています。ウォルター・デ・ラ・メアが木曜日にここを訪ねてきて、そうしたことを彼と議論しました。「人生」という名のゲームは限りなく面白いもので、たとえ通りがかりの人々でも、垣間見る男女の一面が多ければ多いほど結構なことだ、ということで意見が一致しました。
ロレンシア	もちろん、あなたの仰る通り、私たちはみな籠の鳥です。問題は——どんな人がもっとも自由であるか、言い換えれば、もっとも籠の鳥でないか、です。その答えは、自由という言葉を私たち

(コカレルはこの問題を熟考する。一方、ショーは外出用の服を身につけつつある。喋りながら、植木バサミを探し——最後には見つけ——何度か鋭い切れ味を試す。)

ショー　私はいちども一生懸命になったことがないのです。一生懸命になる能力が昔も今も私にはありません。私の無能さは痴愚に等しい。物事が私の身に降りかかったことはありません。逆に、私が物事に降りかかったのです。そして私が降りかからせた出来事は、著書や芝居の形をとりました。私には執筆の才能があり、毎日、執筆しました。印刷物の一頁たりとも理解できなかったときを思い出せませんから、生まれつき読み書きができたと推測するほかないのです。アナトール・フランス[67]と初めていっしょになったとき、彼は、私は誰なのか、訊いてきました。私は答えました、「あなたと同じように、天才です」。これは、彼のフランス法典によれば、あまりに不謹慎な言葉だったので、彼を仰天させ、こう言って反撃させました——「ああ、けっこう。売春婦も、快楽の商人と名乗る権利はありますからな」。私は気分を害しませんでした。たしかに、芸術家はみな、先覚者や哲学者としてではなく、快楽の商人として生計を立てているからです。名声を求めて、あるいは家族の者への日々の糧さえ得ようと一生懸命になることにかんしては、南米のナマケモノでも私に恥をかかせたことでしょう。さらには、私は成功を恐れています。成功を収めることは、この世での自分の仕事を成し遂げることであり、さながら、求愛に成功した刹那にメスから殺されるオス蜘蛛なのです。私は、後ろではなく前に目標を持ち、たえず生成している状態が好きなのです。だからまた、成功を収めた人々とやり合うのが好きなのです。彼らを攻撃し、挑発し、土性骨を試し、彼らに石の城を拵えさせるために、砂の城をけとばすのです。それは筋肉を発達させます。しかもそこから学びます。

人は、反駁されて初めてなにかを語るものなのです。
(ショーは、*樹木の剪定をしに、きびきびと歩いて出ていく。*)

コカレル　スタンブルックに初めて出かけた数か月後に、突然、私はミス・キングズフォード・ケイト[68]と結婚する手はずを整えました。彼女は当時29歳で、彩色草稿にことのほか天分を持つ、才能豊かな芸術家でした。彼女の作品の中にはひじょうに優れたものがあり、このうえない喜びを私に与えました。私は、状態が良ければいつでも再度、買い取るという保証書を宝石商からまず貰ったうえで、彼女のためにエメラルドの婚約指輪を買いました。彼女は一文無しで、そのことは私にとってはすこぶる好都合なことで、私の本性のかなり多くの部分を占める獰猛さで彼女を扱うことができるからです。けっして無分別な行為ではありません。すべての*本質的な点*で、私たち2人は完全に一致していると思います。

ロレンシア　あなたが生涯を独り身で過ごされると考えたくありませんでしたので、どんなにいま、私が嬉しく思っているか、まったく言い表せません。結婚生活の複雑さはあなたの魂にとってひじょうに好ましいはずです——きちんとした気持ちでそれをあなたがお受け止めになれば。

コカレル　ケイトの友人たちや親戚は、彼女が風変わりな書籍蒐集家の餌食になることにはもちろん、いささか不安でおりますが、彼らの懸念は不当なものだということを彼らに示したいと私は願っています——他方、私の友人たちは私のことを果報者と考えており、たしかに私はそうなのです。私はしかるべき論点をのこらず彼女の前に提示し、私の妻が味わうことになりそうなおぞましい時間について、かつてあなたが仰られたことを引き合いに出しましたが、私を受け入れる、と彼女はあくまで言い張りました——ですから、私の責任ではないでしょう？

ロレンシア　あなたに本当に心からお祝いを申し上げ、あなたとミス・キング

ズフォードにあらゆる祝福と幸福を祈ります。これは誰かがあなたのために祈ったことへの答えなのでしょうか。そう望みます。(あなたがいつか修道士になることをこれで本当に止めさせてしまいますけれども！)
(ロレンシア、退場。)

コカレル　気の毒なウィーダがトスカナ州の田舎家から手紙を書いてきました。彼女の反応は、いかにも彼女らしく、あけすけでした。「あなたの伝える知らせを聞いてたいへん残念です」と、彼女は言ってきました。「あなたの金髪はじきに灰色になるでしょう。あなたはたいそう魅力的な生活をされ、あらゆるところでとても歓迎されているのですから、それは本当に自殺行為です。いかなる女性も、たとえこの世の生き物の中でもっとも可愛らしい女性でも、男性の人生を犠牲にする価値はありません」。この警告の言葉には、ほんの少し、実体がひそんでいました。私は妻のことをまったく理解していませんでした。彼女の病気は、私たち双方に多くの問題を引き起こしました。妻が44歳、つまり結婚後わずか9年して、妻は多発性硬化症[69]にかかり、寝たきりになりました。彼女の晩年は、募る無力感と苦痛で曇らせられました。私たちは子どもを3人、女の子2人とクリストファーという男の子1人をもうけました。
(ショー、登場。)

ショー　スタンブルックからなにか知らせはあるか？　シスター・ロレンシアから便りを受け取ったか？

コカレル　選挙にかんする短い便りだけだ。［1931.11.8］

ショー　何の選挙だ？

コカレル　シスターから聞いてないのか？　修道院長が先週亡くなられたので、24日に選挙の予定だ。あなたにも伝えていたものと思っていたが。

ショー　いや、一言も。よくもまあ！　君がまったく羨ましいよ。

コカレル	まあ、きっとものすごく忙しかったんだろう。
ショー	どんなふうなものかな。スタンブルックの選挙というのは。
コカレル	ひじょうに厳かだろうね。教会のなか、施錠した扉の奥で、投票する。
ショー	ことによると、キリスト教会流の選挙運動を楽しむのかもしれない。そう思うだろう？ 何本もの横断幕が、あるかもしれん。ひょっとすると、スカートを持ち上げて、横断幕を掲げながら修道院じゅうを練り歩くのかも。「シスター・サルピシアと短い祈祷に一票を！」［1931.11.29 シスター・アン宛て］
コカレル	「シスター・アンは金曜日のカツレツ[70]と週3回のベッドでの朝食を唱道します！」［同］
ショー	「デイム・ロレンシアに一票を。囲い込まれていない心を持つ、囲い込まれた修道女に！」［同］ （2人はともに笑う。） （ロレンシアは、スタンブルックの修道女たちに話しかけるかのように歩み出る。彼女は修道院長の十字架と指輪を身につけている。）
ロレンシア	このたび初めて、あなたがた、親愛なるシスターのみなさんに向かってお話をする権利を得ました。そして私の最初の言葉は、スタンブルックの修道院長になることは大いなる名誉ではありますが、名誉のためではなく、みなさんの信頼に対する感謝の言葉です。そしてみなさんの寛大な信頼に対して、私は、さほど身を犠牲にすることもなく、ひじょうに容易に、同じように信頼でもって報いることができ、このコミュニティ全体ならびにメンバーお一人お一人に深甚な信頼を寄せていることを、まずもって申し上げたく思います。私たちは出発点としてこれ以上の基盤を持つことはできなかったでしょう。真の信頼はお互いの率直さを必要としますが、このことは、私たちの目標にしたいものです。ある司教が、ご着任のときに、「本当の話を聞くのは

これで最後だ」と仰られましたが、それ以降はお世辞を聞かされるか、ことによると本当のことを半分しか聞かされないかのいずれかだ、という趣旨でした。そのようなことは私たちの間ではけっして起きてはならないことです。修道院長は、気兼ねなく話を伺い、気兼ねなく口を利かねばなりません。ですから、神とお互い一人一人への信頼から始めます。何をなすべきでしょうか？　私たちに便りを下さる親切な方々は、私たちがますます栄えることを希望されており——うまくいけばそうなるでしょうが、いちばん大事なことを最初に持ってくることでのみ、成し遂げられます。この修道院の建物から生まれるいかなる利益も、一人一人が送る精神的生活の所産なのです。

コカレル　親愛なるシスター、あなたが修道院長にご選出されるだろうことは確実なことのように思っておりました。貴修道会がその長に、もっとも聡明でもっとも優れた女性を擁することに対して衷心よりお祝い申し上げます。

ロレンシア　親愛なる友へ、ご厚情あふれるお手紙、ありがとうございました。80名の精神的な母親となることは素晴らしいことであり——守るべき偉大な遺産と偉大な伝統がありますので、ひじょうな高揚感を伴う責任ある仕事です。

ショー　さだめし、あなたのご選出は名目上の変化にすぎないことと思います。たとえ皿洗いの女中さんであったとしても、あなたならその組織を仕切っていかれたでしょうから。いまや修道院長となられ、仕切ることはもちろん、皿洗いもせずにすむでしょうから、私はほっとしています。強情で威圧的で、干渉的で管理的な副院長を一人持たれて、人々の魂をけがれなく保つことを除いては、今後は、できるだけご自身の仕事がないようになさることを願っております。不義をはたらく世俗的なブラザー・バーナードの魂をあなたが清く保とうとお力添えくださっているように。

コカレル　昨晩、友人が一人、夕食に参りまして、こんな話で私たちを楽

しませました。ある富裕な貴婦人がエジプトで亡くなり、その甥が、婦人の遺書が申し分のないものであることを確認した後、そのご遺体に防腐処置を施して埋葬のためにイングランドへ移送するように電報を打ちました。やがて棺が到着したのですが、ネジを緩めて開けてみると、伯母の遺体ではなく、同じ頃に亡くなって防腐処置を施された、あるロシア人将軍の遺体が収められているのを見て、甥たちは慌てふためきました。間違いを直すように依頼する電文をロシアに打ったところ、こんな返信を貰ったのです。「貴殿ノ伯母ハ　軍葬ノ礼ヲ尽クシテ　埋葬セリ　将軍ハ　ゴ随意ニサレタシ」！

ロレンシア　ご処置を施された伯母様にかんしての、なんとまあおかしな話でしょう！　その話を伺って、ギャスケ枢機卿[71]という方がアメリカご訪問後に私たちになさった話を思い出します。ある男の方の義理のお母さまが、健康のためにデンヴァーに行かれて、その地で亡くなりました。電報が一通、義理の息子さんに届けられました。「義母、逝去ス　防腐処置カ　火葬カ　埋葬カ？」返信が届きました。「防腐処置シ火葬ノウエ埋葬セヨ——一切ノ危険冒スナカレ」

（コカレルは笑い、そのあと欠伸をして、ゆっくりとまどろみにたゆたう。）

ショー　親愛なるシスター・ロレンシア、ご存知のように、シャーロットと私は最近、アフリカに行きました。ある日[72]、慣れない車を運転しておりました。ブレーキを踏む代わりに、私の足はアクセルを踏みました。混乱して、私は右ではなく左へ曲がり、車は制御不能になり、路肩斜面を跳び越えて草原に突っ込みました。私は乱暴にブレーキをかけました。妻は前のめりに投げ出されました。荷物が妻の体の上に落ちました。妻はあちこちをひどく打って、その結果、数週間ナイズナ[73]に留まらざるを得ない羽目になりましたが、その間に回復しました。その期間に、

私はちょっとした本を執筆し、もしかするとあなたに興味を持って貰えるかもしれません。ある宣教師によって改宗した黒人娘についての本で、彼[74]は娘の改宗をひじょうに真剣に受け止め、娘が神を見つけることができる土地を要求します。「尋ねよ、さらば神を見いださん」が、娘が受ける唯一の指図で、こうして彼女は投げ棒を片手に、森を通り抜けます。彼女の探訪はこのうえなく上首尾です。彼女はアブラハムの神やヨブの神を見つけますが、残念ながら両方とも、投げ棒でもって始末してしまいます。彼女は『伝道の書』に出会いますが、死は生を無に帰すと彼は考え、過度に清廉潔白にならぬようにと、彼女に注意を与えます。彼女はパヴロフ[75]に出会い、神は存在せず、人生は一連の反射作用にすぎない、と彼は請合います。彼女は聖ペテロと聖ヨハネに出会い、聖ヨハネは、約束された再臨が起こるまで自分は死ぬわけにはいかないし、かくも邪悪な世界で待ち続けるのは恐ろしくうんざりだと、絶望して騒ぎ立てています。そののち、彼女はあなたの友人、いわゆる魔法使いを見つけます。なぜなら人々は、彼の教えには耳を貸さず、彼の奇跡を好むからです。片手を動かすと、彼はどこからともなくコップを一個取り出し、「これを受けとり、私を偲んで飲みなさい」と告げます。彼は彼女に、互いに愛し合いなさい、という戒律を与えますが、彼女には大嫌いな人や嫌ってしかるべきと分かっている人がいるので、彼女にはじゅうぶんではありません。人を愛することについては、たとえそれがつねに可能であったとしても、他人に対してあまりに馴れ馴れしいと彼女は考え、また自分に対してもみなからそのように馴れ馴れしくされたいとは思いません。しばらくして、その魔法使いが、わずかなパンを稼ぐ唯一の手立てだったものですから、時給6ペンスを払ってくれる彫像家のモデルをして十字架に体を伸ばしているのを見いだします。彼は、あるアラブ人——マホメットに話しかけています。魔法使いは、人々

は十字架上の自分の木彫りの彫像をいくつも買ってくれるけれども、教えを説くと石を投げつけてくる始末だと、不満を漏らします。マホメットは、自分もまた説教師であり、正義と慈愛のアラーの僕(しもべ)であるけれど、信じない者どもは残らず殺すように注意しているから、そのような苦しみは味わわない、と答えます。彼は、もうすでに大規模な側室仲間にその黒人娘を新たに加えてもよいのだが、強硬なフェミニズム論争に巻き込まれてひどい目に合うだけだと、語ります。男が女の話を始めると耐えられないわ、と言い放って、娘は立ち去ります。最後に、彼女は庭のある邸宅にやってきて、すごく頭がよさそうだけれども皺くちゃな老紳士が、かなり素人くさい様子でその庭を耕しています。彼女が探しているものを聞くや、老人は彼女の大胆不敵さをいさめて、もし神が訪ねてきて下さると聞けば、私なら最寄りの納戸に身を隠すだろう、と打ち明けます。「そのうえ」と、彼は言います、「わざわざ神を探し求めるには及ばんのだ。神はいつでもすぐそばにいてくださる」。この言葉に娘はいたく感銘を受け、彼女は庭に入って、老紳士が庭を耕すのを手伝い、やがて彼は亡くなって彼女に遺産としてその庭を残すのです。この物語をあなたにお送りいたしましょうか？　ひじょうに不敬で因習打破的ですが、この作品が根本的に不敬であると、あなたがお考えになるとは思いません。もしかすると、私の荒ぶる心でスタンブルックの平穏を乱すべきではないのかもしれませんが、私のための祈りをあなたに続けてほしいので、同様に正直に、あなたの祈りの対象がどんな人間であるのか知っていただかねばなりません。
［1932.4.14］

（ロレンシアが話し出すと、コカレルは身じろぎ始める。）

ロレンシア　あなたのお考えの多くに私は賛同しますが、もしその本を出版されていたなら、けっしてあなたを許さなかったことでしょう。しかしながら、きっとあなたは善良になられるでしょうから、私

はもう一度、軽快で弾むような気分になり、親愛なるブラザー・バーナードを誇りに思います。ご褒美としてさらにもっとお祈りを差し上げましょう！〔1932.5.3〕

（コカレルは突然、目を覚ます。）

コカレル　寝入って母親の夢を見た。素晴らしい女性だった。とても可愛らしくて、とても機知に富んでいた。ウィリアム・モリスは、母に初めて会ったときにすっかり打ちのめされた。しかし、母はつねに、ちょっとした病人だった——結婚直前に落馬して、寝たきりのまま結婚しなくてはならなかった。子どもを6人もうけ、32歳のときに未亡人になった。私の父は石炭商人の会社の共同経営者で、私たち一家はベカナム[76]の、水晶宮（クリスタル・パレス）の近くに住んでいた。父が亡くなると海辺のマーゲイト[77]へ引っ越し、そこでテニスン卿の妹のジェスィ夫人[78]という女性と親しくなった。彼女の亭主は船長で、「結婚は5年か10年、もしくは30年であるべきで、永久の取り決めであってはならん」と、私に語っていたのを覚えている。

（ショーは、『神を探す黒人娘の冒険』の新刊本[79]を見せびらかす。）

ショー　親愛なるシスター・ロレンシア、いろいろとありましたが、この黒人娘は突然、世に出ました。初版の署名入り本を贈ります。この本の表面的な軽率さはぜひとも大目に見てください。どうして悪魔は愉しい調べのほかにも愉快なことを残らず持っているのでしょうか？[80]　私は怖くてスタンブルックに参上できません。〔1932.12.14〕

ロレンシア　実は、私たち2人の視点はたいそう異なっており、その話題をめぐってのお話もお便りも、ほとんど役に立ちません。私の悲しみを和らげる唯一の方法は、『黒人娘』をあなたが回収することでしょう。私自身も含めて、神と我らが主（しゅ）の神格を信じる者たちの心情を、あなたがどんなに深く踏みにじったか、お分かり

　　　　　　にならないのだと思います。そうした事柄はあなたには重要ではなくとも、何百万もの人々には重要なことであり、弄ぶには神聖すぎる事柄があるのです。もしあなたが私の父や母について批判的なことを書いたとすれば、償いをするまでは、赦され、受け入れてもらえることは期待されないでしょう。本の出版を差し止めて冒瀆の言葉を撤回し、そうすることで、すでに働いてしまった害悪のいくぶんかでも元に戻すように、切に願います。あなたとの友情をどんなに私が重んじ、どんなに誠実にあなたの人柄を信じてきたか、ご存じのはずです。このかけがえのないものを、あなたにあるまじき一冊の本のために犠牲にすることがおできになるのですか？〔1933.7.13〕

ショー　シスター・ロレンシア、あなたは私がこれまでに知っている、もっとも道理をわきまえない女性です。あなたは私に『黒人娘』10万冊をじっさいに回収させたがっていますが、それらはもうすでに読まれており、害悪は、もしあるとすれば、なされてしまっています。あなたはご自身が私より立派なカトリック信者であるとお思いですが、私の聖書観は教父たちの見解であり、あなたの聖書観は、聖書を盲目的に崇拝し、まったく不合理な信心を持つ、ベルファーストのプロテスタント信者の見解です。ロレンシアさん、私が、神格にかんして、もっと高尚な観念を抱いているかもしれないと、お思いになられたことはありませんか？　神が私に『黒人娘』を書くように霊感を与えたとき、神はご自身が何をされていたのか、きっと分からなかったのだと、あなたはお考えです。起きたことはこうです。妻がアフリカで加減が悪かったとき、神が私に会いに来て言われました、「スタンブルックのあの女たちが、お前への祈りの言葉で、夜も昼も、私を苦しめておる。それはともかく、お前はなにが得意なのだ？」そこで私は、ちょっとばかり物が書けますが、それ以外は役立たずです、と答えました。すると神いわく、「ペンを執り、お前の

愚かな頭に私が吹き込むことを書くのだ」。その通りに実行して、あなたにそのことをお話しすると、あなたは少しも喜ばれない。そこで私は神のもとへ赴いて、「修道院長はご立腹です」と申し上げました。すると神いわく、「私は神である。ゆえに、かつてこの世を歩んだ、いかなる修道院長からも踏みつけられはしない」。「それがですね」と、私は言いました。「私の車に乗せて外へ誘うことも許さない頑固な女性でして、ひとつ話をつけに神様ご自身が行かれたとしても、無駄骨なのです。子どものときに教わった通りに、なんでも好き勝手に彼女にやらせてやらない限り、壁に向かって口をきく方がまだましなくらいなのです」。そういうわけで、この件は、神とそのご子息とご一緒に、できるだけ決着をつけるようにあなたにお任せいたしますが、結果がどれほど驚くべきものであっても、引き続き私のために祈ってくださらなければなりません。［1933.7.24］

コカレル　彼女は返事を出さなかった。ショーはときおり、スタンブルックの門前を通りかかることがあったが、けっして立ち止まらず、和解するために中へ入ることは一度もなかった。友情は、温めておかなければ、萎れる（しお）ものであり、2人の友情は終わったように思われた。1年以上が過ぎて、ショーは郵便で小さな薄黄色のカードを受け取った。なかには簡単な添え書きがあった。「1884年9月6日から1934年までを記念して　デイム・ロレンシア・マクラフラン、スタンブルック修道院長」

ショー　ウスターのスタンブルック修道院の淑女方へ。親愛なるシスターの皆様方、手紙類をどこにしまったか失念してしまい、ついさきほどデイム・ロレンシア・マクラフランの逝去の報に接しました。7月末から9月16日まで私はモールヴァン[81]に滞在しており、昔のように彼女に会いに訪ねて行くことができなかったものですから、スタンブルックの町を通るときはいつも、実に痛切な心の痛みを覚えておりました。しかし私は、彼女の健康

状態について何ひとつ知らず、この世でもう二度と彼女に会うことがないなどとはまったく思ってもいませんでした。彼女のひじょうなご厚誼に与かり、私のために祈るように皆様ご一同に求められた時期があり、皆様のお祈りを衷心より有り難く感じました。しかし、私たちの祈りがどのように報われるかはまったく分からないもので、私に及ぼした祈りの効果は小著を1冊書きあげたことでしたが、その書物が、悲しいことに、デイム・ロレンシアに非常に深い衝撃を与え、赦しを得るまでは貴修道院に顔を見せる勇気が私にはありませんでした。いまではきっと、彼女は私を赦してくれたことでしょうが、赦すという声を聞くことができたら、と残念でなりません。皆様方が後にされた外の世界では、信仰について真剣に考えさせるために人々に激しい衝撃を与えることが必要なのですが、私のやり方は乱暴すぎました。しかし、そのように私は霊感を受けたのです。私には皆様方の祈りを求める資格がありませんが、万一ひょっとして、私の昔の訪問を覚えていてくださる方々にときおり思い出していただけるのなら、そのことでけっして私は悪くはなりませんし、ひじょうにありがたく思います。敬具、G・バーナード・ショー。[1934.10.3]

第2幕

コカレルが一人きりで、お茶の時間のゆで卵を食べ終えようとしている。

コカレル　初めてGBS(ショー)を見かけたのは1886年だった。彼はハマスミス[82]で講演をしていた。けっこううまい、と思ったけれど、素晴しくはなかった。3年後に会って、それ以後ずっと仲良くしている。ショーは偉大で賢明な人物で、世界中で喧(かまびす)しく拍手喝采を浴びているけれども、ときとして大きなヘマを犯さないわけではない——事実、スタンブルックの修道女たちに宛てた彼の手紙は、私の推測では、特大のヘマの部類に入ることだろう。しかし、彼自身がかつて語ったように、「一度も間違いを犯したことがない者は、決してなにも作り出さないだろう」。
　　　　　(ショーが、スタンブルックからの手紙を読みながら、登場。)
　　　　　彼は例の手紙を10月3日に書いた。返事は、折り返し届いた。
　　　　　(ロレンシアがすばやく登場。)

ロレンシア　親愛なるブラザー・バーナード、お分かりのように、私は死んではおりません。私たちの言葉で言う、奉職50周年記念をお祝いしていただけで、例の小さなカードはその催しの記念品でした。そうした折りに、私の心は古い友人たちを思い起こし、あなたのお姿もそのなかにありました。次にお近くにお越しの節は、ぜひまた会いにお立ち寄りください。毎日あなたのためにお祈りをしています。お祈りが、将来、良い結果だけを招くことを願っています。［1934.10.4］

ショー　　ロレンシア！　生きておられるとは！　いやはや!!!!!　人のもっとも神聖な感情をこんなふうに弄ぶのですか？　自分でも自分の

気持ちを表現することができません。なけなしの信念もすべて捨て去ります。あなたは天国にいて幸福で祝福を受けているものとばかり思っていました。ところが、私のことをただ笑っていたのですね。これは、例の黒人娘の本に対するあなたのしっぺい返しです。ああ、ロレンシア、ロレンシア、ロレンシア、よくもまあ、こんなまねができるものですね。私は血の涙を流します。哀れなブラザー・バーナードより。［1934.10.7］

コカレル　メアリー王妃[83]がケンブリッジにいらして、フィッツウィリアム美術館を訪問されました。王妃をご案内することは館長としての私の特権で、王妃はドイツ語訛りで話されましたが、たいそう気さくでお目の肥えた方でした。私はフィッツウィリアム美術館での自分の業績に誇りを抱いています。この職務を引き受けたとき、展示はまったく野蛮なものでした。優れた絵画も悪い絵画も、あらゆる画派も国もごちゃまぜで、とんでもない高さまで壁面にびっしりと掛けられていたのです。私の前任者はジェイムズ博士[84]——現在はイートン校の校長——で、中世ラテン語の該博な知識をお持ちでしたが、審美眼は、それこそまったくすこしもお持ちではなく（それを確かめるにはご自宅を覗くだけで十分でした）、加えて、美術館の運営方法をからっきし分かっていませんでした。彼は手紙が届いていないかを確認するために、たまにちょっと立ち寄るだけでした。私はこの美術館を豚小屋だと思いましたが、宮殿に変えたのです。このことは私をケンブリッジではひどく人気者にはしませんでした。なぜなら私は自分の思い通りにしようと固く決意していたからです。大きな問題はお金でした。私たちは巨額の資金を調達する必要がありました。——この仕事を私はかなりの腕前で成し遂げました。私の秘訣はひじょうに単純でした。すなわち、拒絶の可能性をぜったいに認めないのです。お誂え向きの人物——巨額の金を持ち、子どもがいない人物——を選んで、差しでのディナー

に招待させるのです。そして、ワインを飲みながら、こう言うのです、「あなたが亡くなられたら、ご蒐集品はどうなるのですか？」とか、「母校の大学のために何をなさるおつもりですか？」相手が私への支援を断ることは、まずありませんでした。メアリー王妃がロンドンへお帰りの車中で、フィッツウィリアム美術館のさまざまな長所についてしきりにお話をされていたと伺いました。もし私がバッキンガム宮殿へ出かけて名前を記帳していたら、王妃とお近づきになれていたかもしれないと思います。私をお茶に呼んで下さったことでしょう。
　　　　　（一羽のクロウタドリのさえずり。）

ロレンシア　親愛なるシドニー、あなたから復活祭のご挨拶状をいただき、幸甚でした。この美しい時節には、いちばんの親友が身近にいることを実感したいものだからです。ここにいる私たちにはちょっとした天国気分の時期で、今年は万事が順調、このコミュニティの者たちは元気溌剌、天気も麗しく、無数のスイセン、スミレ、サクラソウの花々、それに鳥たちはいくら褒めても褒め足りません。春がまた巡ってきて毎年のように歓喜を感じています。鳥のさえずりで目覚める最初の朝に、春は始まります。今年は一羽のクロウタドリが私に呼びかける役目をみずから引き受けてくれ、たちまち私を爽やかな気分にしてくれます。ひと頃はツグミが私のいちばんお気に入りの鳴き鳥でしたが、いまではクロウタドリの方が好きになり、少なくとも自分ではそう思っています。

コカレル　（*手紙を開封して、一枚の写真を炉棚〔マントルピース〕に立て掛ける。*）親愛なるシスター、お写真をありがとうございました。我が家の炉棚の上のあなたの微笑みから大きな喜びを味わっています。初めてお目にかかってから25年も過ぎたと気づいてびっくりしています！　印象は長続きするものに違いありませんが、かくも長く、貴重で、親密な友情のとば口にいるとは、そのときはゆめゆめ思いませんでした。あの初めての出会いを、平穏無事でも

ない我が人生における重要な出来事の一つと考えておりますし、今後もずっとそう考えるでしょう。他の誰も施せないようなお力添えと思いやりをあなたはこれまで施して下さいました。気高く親愛なる淑女でいらしてくださることに、心から感謝を申し上げ、死が私たちを分かつ日まで、私の落ち度や気紛れをこれからも我慢して下さり、つねにお変わりなくいらして下さるよう、お祈りいたします。

ロレンシア　親愛なるシドニー、私たちの友情はなんという贈り物、なんという神秘なのでしょう！　それは、初めを決して持たないように思われ、人の人生そのものの一部のように感じられる、例の数々の祝福の一つです。この友情は、私たちの機が熟すまでひたすら待ち続けていたのだと思います。私たちがこの世での生を終えるまで、この友情がいっそう深い理解にたえず成長することを、また、私たちの心の中にある最善のものがことごとく成就すると私が固く信じている永劫の生を、私たちが完璧に理解するようになることを願っています。「かくあれかし(エイメン)」と、どうか唱えて下さい。

　　　　　（ショーは手巻き式の蓄音機にレコードをかけ、舞台の上を優雅に滑るように進み、タンゴの複雑な一連のステップを踏んで見せ、ロレンシアに話しかける。コカレルは注意深く見守る。）

ショー　　ダンサーの頭の位置と姿勢がきわめて重要です。顎を少し上に上げて、頭はまっすぐ起こしたままにしなければなりません。ぜったいに足元を眺めてはいけません。（まだ踊りながら）男の人は右足に体重を乗せて──「ワン」で左足を前へ出し──「ツー」でその足をぐるっと後ろに回して──左足に体重を移して──「スリー」で右足を左足の後ろに運んで──「フォー」で右足を左足の前に出します。これがタンゴの第3フィギュア、すなわち〈メディア・ルーナ〉です。

ロレンシア　（微笑む）たいへん感心しました。

ショー　　　そりゃあ、感心していただきませんとね。マデイラ[85]で休暇を過ごしているときに習いました。私に教えてくれた男はタンゴの権威で、彼は、タンゴの起源は古代テーベ[86]の出陣や戦勝の踊りに由来する、と信じています。
(*ロレンシアは笑う。ショーは踊り続ける。*)
毎日少なくとも15分、ダンスをして下さい。そうすれば私のように細身で敏捷になりますよ。

ロレンシア　(*また微笑んで*) そんなことになったら、修道女たちが相当怯えるだろうと思いますわ。
(*ショーは踊りを止めて、蓄音機のスイッチを切る。彼はロレンシアの方へ進む。コカレルは書類の仕分けを再び始める。*)

ショー　　　マデイラでは別の出来事も起きました。お話しするつもりでした。すっかり忘れていました。(*座って息をつく。*) アメリカ人に会いました。聡明で、教育があり、なかなか魅力的でした。どういうわけだか——経緯は忘れてしまいました——あなたの名前が会話に出てきました。私があなたを知っていることに彼はものすごく感動していました。人生における彼の情熱は単旋律聖歌、つまりグレゴリオ聖歌のようで、あなたの御本——タイトルは何でしたっけ？——『単旋律聖歌入門』[87]——合っていますか？

ロレンシア　ええ。

ショー　　　で、明らかに彼はその本をこの主題についてこれまでに書かれたもっとも注目すべき本と見なしています。あなたの助言を求めて世界じゅうから人々が駆けつけると、彼は言っていました。あなたがそのような専門家でいらしたとはまったく存じませんでした。

ロレンシア　それは私の一生の仕事です。造物主たる神はご自身の栄光のために世界をお作りになられ、人になられるとき、神は、万物を御身に集められて万物に賞賛の声を与えられました。私たちはそ

の声の小さな一部なのです。もちろん、昼間に7回、夜に1回、最高の出来栄えでいることはけっしてたやすい仕事ではありませんが、歌姫はぜったいに歌うのを止めません。

コカレル　肖像画家のサージェント[88]の逸話をひじょうに楽しみました。彼はアトリエに衝立を置いていて、ときどきその後ろに引っ込んでは、富裕な肖像画モデルに向かってあかんべえをし、げんこつを振り回していたと伝えられています。そのようにして鬱憤を晴らした後で、彼は微笑んで姿を現し、誰もこれっぽっちも損をしなかったのです。余談ですが、新入りのメイドがいます。彼女の名はメイゾッド・トライフィーナ・ウェズリーです。どうしてその名前を私はとても気に入っているのでしょうか？

ショー　親愛なるシスター・ロレンシア、あなたが昔ながらの燦然たる輝きのなかで光り輝いている姿を拝見して、どれほど私が喜んだか想像できますまい。もし私がオペラの台本（リブレット）を書くとすれば、『魔笛』[89]にかなり似たようなものになるでしょうが、『陽気な修道院長』と表題を付けるつもりです。車を運転してここに帰るとき、魔法にかかったように素敵な夕べでした。あるいは私にはそう思われました。あなたの祝福のお陰で、私はますます元気な気分でした。イスカリオテのユダのように、天国の用件として地獄に落とされねばならない一部の人々がおり、明らかに私もそのうちの一人かもしれませんが、あなたの後ろにくっついて天国へ忍び込もうとすれば、あなたに会えて嬉しさのあまり、私には気づかないことでしょう。［1935.8.30］

　　　　　（ショーは新聞を拾い上げて読み始めるが、ロレンシアの話に聞きいるために新聞を下ろす。）

ロレンシア　最終的にどこに赴くかは、ひとえにあなた次第ですし、あなたなら賢明に天国を選ばれるでしょう。人は地獄に送られるのではなく、その運命を自ら選ぶがゆえに、自らそこへ行くのです。人が地獄へ行く話をするときは、好き勝手にふるまう許可を自ら

に与える口実であることが時折ありますが、さながら、カトリック教徒が信仰を失ったと口にする場合と同様に、彼らが道徳を失ったことをほとんどいつも意味します。それはともかく、あなたは間違った所へは行かれないでしょう、そうさせまいと私がなんでもやって差し上げられるなら！［1935.9.9］

（ショーは新聞に戻る。）

コカレル　ショー夫人に関するこのうえない驚きの噂を耳にしました。夫人のことは非常によく知っている——あるいは、そう思っていました。どうやら、夫人は T.E. ロレンス[90]を熱烈に好きになって、2 人は率直で秘密を明かすような多数の手紙をやり取りしたようです。このことを私はほとんど信じがたいことに思いますし——ロレンスをショー夫妻に引き合わせたのは私だったものですから、この件はかなり心をかき乱すことにも感じています。人間の行動はなんと予測できないものなのでしょう！　トマス・ハーディ[91]を思い出します——彼は 84 歳半のとき、彼の戯曲のアマチュア公演に出演していた女性との熱烈な恋に落ちたのです。しばらくの間、彼は彼女にすっかりのぼせ上っていました。言っておきますが、ハーディ夫人（2 番目のハーディ夫人）は、話にならないほど退屈な人、つまり、偏狭な心の持ち主の、つまらない女性でした——から、ことによると、まったく意外なことでもなかったのかもしれません。そしてこの私でさえも——女たらしと評されることなどぜったいにありえない——この私でさえ、そうした厄介な感情に捕らわれることから免れられませんでした。とある昼下がりのことでした。若い女性が一人、私に会いに来ました。私の書籍を何冊か見せる約束をしていたのです。1920 年代、1923 年か 24 年でした。その当時、ケイトが病気で身体不自由の身で臥せっていた空間からカーテン一つで私の書斎が仕切られていました。彼女が苦痛でうめき声を上げるのが聞こえました。聞く者に苦悶を与える声でした。彼女は叫びま

した、「シドニー、いつ看護師は戻ってくるの？」「もうじきだ」と、私は言いました。唐突に、しかも考えもせずに、私は若い訪問客をつかんで、その唇に荒々しくキスをしました。彼女はなにも言いませんでした。一言も言わずに、家を出て行きました。私は、トマス・ハーディがある晩、私に語った言葉を思い出しました。「小説家が守るべきイロハの一つは、小説を事実のように奇なる[92]ものにしてはならないことだ」。

（ショーは新聞を下ろすが、話しながら自分の考えを強調するために新聞を使う。）

ショー　　国王ジョージ6世[93]の戴冠式は、世論の支持をまったく得なかった、私のある提案を再び取り上げるように私を促します。すなわち、王族虐待防止協会を設立する提案です。使用されるあらゆる拷問道具のなかで、戴冠式こそは、めったに使用されないものではないにしても、最悪の道具でしょう。『タイムズ』紙は、この式についてなにか丁重な発言をして然るべきですが、「一千年の歳月によって清められた伝統」と戴冠式を呼んでいます。時の経過は伝統を清めたりしません。それは伝統を時代錯誤なものにするのです。状況はいまではあまりに不合理なものになってしまい、一連の出来事は象徴的なもので、国王自身がひとつの象徴であると、四方八方から、執拗に想起させられるのです。しかし、戴冠式においては、象徴はたんに時代遅れであるに留まりません。逆転してしまった状況を象徴しているのです。国王がもはや振るうことのない権力、国王から簒奪すべく、2度の革命と数度の国王殺しを私たちに必要とさせた権力、それに対する国王の投資を、象徴は表しているのです。式で使われた衣裳は、征服王ウィリアムとその王妃の衣裳ですが、何世代もの衣裳係によって、ロシア・バレエ以外の何物も象徴しない奇抜な仮装服に変貌させられています。もし私が王位継承者であるなら、そのような儀式を体験するよりは50の王国を放棄する方がまだま

しです。エドワード８世[94]が一千年の伝統の戯けた行為に耐えることをきっぱりと拒絶したことや、アメリカ人女性[95]と結婚するという彼の見事な外交的手腕ではなく、まさにこのことが彼の退位の真の理由であると知っても、私はまったく驚きません。(ショーは、戴冠式記念号の新聞をゴミ箱に突っ込み、帽子と散歩用の杖をつかんで、退場。)

コカレル　非常に親愛なるシスター、先日、テーブルを片づけていたら、あなたが興味を抱かれるかもしれないと思われた一通の手紙を偶然、見つけました。(片手にその手紙を持つ。)ヘンリー・ラクスムア[96]という、高邁な理想を抱く剛毅な精神の持ち主からのもので、長年にわたって、イートン校で教師をしていました。彼は自分の弟[97]の話をしてくれました——軍人で、誰からも愛されていて——敗血症で口がきけずに寝たきりで、喉と口にこのうえない痛みを覚えていたのですが——いまわのきわにベッドで半身を起して、陽気に明瞭に、まるで歓迎するかのように、こう言ったのです、「なんだ！　父さんと母さんか！」そして、亡くなりました。ラクスムアはこの出来事に深く心を動かされて、こう尋ねました、「それはまったくなんの意味もないことだろうか？」

ロレンシア　ラクスムア氏が語られた出来事はとても感動的であり、また私にとっては人間の魂の不滅性への信念を裏付けるものにほかなりません。

コカレル　私の因業な意見によれば、それはなにも裏付けたりはしません。(ラクスムアの手紙をファイルにしまう。)この短くはかない人生は、私にはたいそうつまらないものに思えますので、この人生が永遠の礎であるとか、私たちの現世での存在が、芋虫から蝶の存在への連続性と変わりばえのしない、いかなる連続性の礎であるとも想像できません。さらにまた、ご提示された来世の展望に関して言えば、たいていの人は、自分が成長して

　　　　　　窮屈に感じるようになった友人たちや親戚たちとは再会しない
　　　　　　方を望むものではないでしょうか？
ロレンシア　たしかに、人は、未来の生をこの世での存在とはすっかり別次元
　　　　　　にあるものと考えるものですが——その情況がたいそう異なっ
　　　　　　ていますから、私たちの身の丈に合わなくなった方々ともお会
　　　　　　いすることに、私はまったく不都合を感じないことと思います。
コカレル　　要するに、こういうことです。あなたは信頼に信念を抱き、教会
　　　　　　の権威や指導ばかりを求めていらっしゃる。その信念は、私の
　　　　　　理性が容認することを拒む一連の教義を含んでいるのです。
ロレンシア　教会の権威に私たちが信念を抱いていることは確かですが、私た
　　　　　　ちの理性を捨て去るように求められてはおりません。
コカレル　　父なる神、子なる神、聖霊なる神についてはどうですか、つま
　　　　　　り、これらの「位格(ペルソナ)」はどのように考えることができますか？
　　　　　　信心深い人々の大多数が、これらを拡大された人間と考えてはい
　　　　　　ませんか？　これは明らかに不可能ではありませんか？　もし
　　　　　　可能であるのなら、なぜ教会は可能であると宣言しないのです
　　　　　　か？　さらには、王座や王冠等々の優れた文献や、私たちがこ
　　　　　　れまで育まれてきた基盤にある、人間の似姿としての神のイメー
　　　　　　ジはどうなるのですか？
ロレンシア　王座や王冠の写実的な描写や神のイメージの記述は、私たちの理
　　　　　　解力に適合するように作り変えられた象徴であり、あなたは象
　　　　　　徴や神秘に異議を唱えるような方ではないと確信しています。
コカレル　　私はかつてラング[98]大主教に、神をどのように思い描いてい
　　　　　　らっしゃるか——両腕、両脚を持つ存在として思い描いてい
　　　　　　らっしゃるか、と尋ねました。「滅相もない」と、彼は言われま
　　　　　　した。そこで私は、なぜ神を「それ(イット)」ではなく「彼(ヒー)」と呼ぶのか
　　　　　　と尋ねますと、「それ(イット)」はぜったいにだめで、「それ(イット)」では人間関
　　　　　　係の感覚をすっかり奪ってしまうだろう、と言われました。大主
　　　　　　教の言葉は正しいと思います。それでもやはり、私には「それ(イット)」

の方がはるかに正直なように思われます。

ロレンシア　(*卓上ランプをつける。光の海。*) 信念は、人間社会の営みでは受け入れられるのに、神様に関する事柄では、なぜ困難なのでしょうか？　私たちは自然の配剤において、理解できない多くのことを信じています。電気の正体を誰も分かってはいませんが、その力のいくぶんかを弁えており、それを千千に利用しています。

コカレル　(*黄昏どきの自室にて。フクロウが一羽、ホーと鳴く。*) 私に関する限り、大きな圧倒的な神秘が残ります——そしていかなる宗教も（私が見る限り）これらの問題の解決を容易にはしてくれません。私のような精神と想像力（悲しいかな、ともに僅かです）の人間にとって、唯一の正直な態度は、無知を自認する態度です。これから先、もし生きていたら、私がどうなるかは分かりませんが、今の私は相変わらず懐疑的で頑固者ですし、もしこの態度を改めるとすれば、それはあちこちふらふらとしてとり止めのない才能と関心のなせる技だろうと思います。

(*コカレルの周囲はいまやいっそう暗くなる。*)

ロレンシア　あなたのような方々の心を悩ませる問題はほとんど存在しませんし、事実、聖アウグスティヌス[99]や聖トマス・アクィナス[100]のような、キリスト教の偉大な精神の持ち主が直面してたぶん解決されなかったような問題は、おそらく一つもありません。少し前に、ある青年、カトリック信者ではなく、あらゆる哲学をすでに学び終えて、その後、聖トマスの著書に近づくと、他のすべての体系の弱点が残らずふさがれていることに気づいた青年のことを耳にしました。しかし、あなたはこの種のものは読まれないでしょうから、信仰に機会を与えることはないでしょう。

コカレル　実はなにしろ、私は自分の仕事以外のものは、ほとんどなにも読みませんし、机に向かっていないときはどうしようもなく怠け者ですから、読書の時間を見つけることはまったくありません。

(*コカレルは卓上ランプをつける。*)

第 2 幕　55

(空襲警報の音とともに、ショーが懐中電灯を持って登場。彼は灯火管制用の暗幕を窓に引き、その後でランプをつける。かくして、暗闇の中にいまや3つの光の海ができる。)

ショー　戦争税を納めるために数千ポンド借越しになるほど、私は窮乏しています。映画『ピグマリオン』[101]の成功は、私を大金持ちにはせずに、1ポンド［＝20シリング］につき19シリング6ペンス課税される百万長者階級に私を繰り入れることで、私を滅ぼしました。10ギニー［＝10ポンド10シリング］を得るには420ポンド稼がねばならず[102]、戦前に私が浪費する余裕があった金額について、よくよく考えさせます。シャーロットはひどく不自由な身で──十代のときの事故の後遺症に苦しんでいて、治療不能なのです。なぜなら、唯一の処置──鋼(はがね)のコルセット、ギプス、何か月間の固定──は、40歳未満の男だけが耐えられるものだからです。80歳代の人々以上に、彼女に命の危険はありませんが、医学に関する限り、彼女はこのさきも病人、すなわち腰痛の終身刑の身なのです。

(頭上に、航空機の音。)

当地は非常に足の便が悪く、村にはどんな公共交通手段もまったくありませんし、ガソリンは配給です。陸軍省は、自分たちの気が狂わないようにするために、私の芝居3編を出版したがっています。私は彼らに白紙委任状(カート・ブラーンシュ)と無料・無償(グラティス)・タダで私の印刷物の使用を認めました。私は忌まわしいほどの年寄りですが、思っていた通り、まだ少しは物が書けます。

(航空機の音がいっそう大きくなる。)

ロレンシア　この素晴らしい9月に、おぞましい戦争が進行中であるとは、一日中頭上を航空機が飛んでいても、信じがたいことです。なんという混乱のなかに世の中はあるのでしょう！　そして、あらゆる人の手が同胞に向けられているのを見るのはなんと恐ろしいことでしょう。

コカレル　こうした猛烈な空襲のせいで、私の貴重な書籍や草稿のことが非常に心配になりました。ありがたいことに、スィーグフリード・サスーン[103]が、ヘイテスベリ[104]の彼の田舎の家にそれらを疎開させるよう申し出てくれました。肩の荷がずいぶん下りました。ケイトも無事で、グロスターシャー[105]の友人たちの家でお世話になっています。

ショー　もし私が万能の造物主なら、交戦国のあらゆる領土に数百万匹のイナゴやシロアリを撒き散らして、一週間で戦争を終わらせることができるのですが。あくる日には、連中はお互いを相手にではなく、不屈の統制で進撃してくる無数のちっぽけな生き物相手に戦っていることでしょう。そうなれば、ユダヤ人も反ユダヤ主義者もなければ、英国人もドイツ人もアメリカ人も日本人も、黒人も白人も黄色人種も赤銅色人種も、アイルランド人すらなくて、命がけで狂ったように戦う男女の人間たちしかいないでしょう。

（爆発音。ショーは自分の光の海の中にいて、座ったままじっと外を見つめる。）

コカレル　温室はもちろんのこと、キューではまた一枚、自宅の窓が壊されました。自宅に被害を受けた友人だれかしらの知らせが、郵便でいつも届きます。夜の時間が長くなればなるほど、爆撃の時間も長くなるでしょう。暗くなってからは、空爆を阻止するのはほとんど不可能です。昨日、ブラザー・バーナードと昼食を共にしました。2人でいっしょにあなたのお写真を眺めましたので、誰かが噂しているなと、耳がほてるのを感じられたかもしれません。あなたに対する彼の称賛は衰えていません。手紙に書いてそう伝えるよう、彼に強く勧めました。この一年で彼はいささか老け込みましたが、温和な快活さにあふれていました。ラヴェンダーの小枝をありがとうございました。手帳にはさんでいます。（ラヴェンダーを*財布*にしまう。）つねに変わらぬ親愛をこめて。

ロレンシア　このうえなく親愛なるシドニー、お便りならびにブラザー・バーナードからのご伝言、たいへんありがとうございます。とてもうれしく思いました。あの方からの手紙は頂いておりませんが、大きな心の中に私への温かな思いをいまでも抱いていて下さると知って嬉しく思います。老け込まれ弱々しいあの方の姿を見るのはさぞ痛ましいに違いありませんが、その温厚な様子には特別な魅力があることでしょう。ホップ摘みが忙しく続いていて、大気は乾燥させたホップの香りに満ちています。
　　　　　（コカレルは『タイムズ』紙を取り上げて、訃報欄を読み、シャーロット・ショーの訃報を見つけて、新聞を下す。）
　　　　　あなたやケイト、ご家族への親愛をこめて。

ショー　　バーナード・ショー氏は、妻の逝去に際して膨大な数のお手紙を受け取り、それらすべてに目を通して大事に感じておりますが、お一人お一人に礼状を差し上げることは彼の能力を超えています。それゆえ、彼の友人方ならびに故人の友人方がこの総括的な返書で満足され、長い人生のとても幸せな終わりを故人が迎えたことで、彼もまた自分の人生の終わりを、まったく穏やかな気持ちで待っていることに安心されるように願っています。

コカレル　（新聞を下して）ウィリアム・モリスは、私が死に顔を見た最初の人物でした。バーン＝ジョウンズ夫人が私を部屋に呼び入れたのを覚えており、私は亡骸を見下ろしながら、抑えきれないほどむせび泣いてベッドのそばに立っていました。亡骸が生前のモリスにほとんど似ていないのを見て、私は仰天しました。表情は不思議なほど美しかったのですが、表情の穏やかさのせいで、生前に私が知っていたものとはひときわ違った表情になっていました。ラスキンはかつて彼を「金箔」と評しました。モリスには娘が2人、メイ[106]とジェニー[107]がいました。ジェニーは病人で、16歳前ごろから癲癇を患っていました。妹のメイは多くの優れた資質を持っていましたが、終生、甚だしい不満足感に悩まされ

ました。彼女はいつも、手に入らないものを欲しがりました。月を手に入れると、太陽を欲しがったのです。スパーリング[108]という名前のかなり二流の社会主義者と結婚しました[109]。有名になる前のバーナード・ショーに彼女は恋をし、彼も彼女を愛していました。ショーは、「神秘的な婚約が天で結ばれた」けれども、地上では、自分の貧困が2人の結婚を妨げたと語りました。スタンリー・ボールドウィン[110]も彼女に恋をし、バーン＝ジョウンズ[111]も然りでした。私自身も彼女にかなり夢中になった時期がありました。かわいそうなメイ。私は彼女が棺に納められるのを見ました。

(*真っ昼間。ショーは外出着を着て、手紙を投函に出かけようとしている。*)

ショー　親愛なるシスター・ロレンシア、この手紙が明日のあなたの奉職60周年記念日に遅れて届かないことを願っています。私の60周年記念には20年遅すぎます。私の体調についてお尋ねです。あなたのお祈りのおかげで、ますます元気ですと、お答えせねばなりません。私の年齢(とし)ではやむを得ないように、耳が聞こえず、足はよろめき、頭もぼんやりですが、驚くほど元気で、1年前よりもはるかにお元気です。私に会えば、私だとまだ分かって下さるでしょう。分かっていただければ嬉しいです。スタンブルックでの日々を私のもっとも幸福な日々に加えて数えています。[1944.9.4]

(*ショーは退場しかかるが、ロレンシアの言葉に引き止められる。*)

ロレンシア　私の親愛なるブラザー・バーナード、60年間の囲い込まれた人生は、この道を選んだことで、私をかつてなく幸せにしてくれています――タゴール[112]が言ったように、「我々は最善を選ぶことはできない。最善が我々を選ぶのだ」としても。囲い込まれた修道女の自由を人々が分かってくれさえすれば！　たいていの

人よりもあなたはよく理解してくださると信じていますし、その自由の根本にある信仰を私たちは共有していると願うばかりです。お祈りのときにあなたを忘れることは決してありませんし、聖母マリアにあなたを推薦しないこともありません。ベツレヘムからの石を添えたあなたの素敵な遺宝は大切にしております。重ねて感謝を申し上げます。シスター・ロレンシア。［1944.9.19］
（*ショーは，手紙をかかえて，退場。*）

コカレル　もっとも親愛なるシスター、日曜日は、ロンドンでの私たちの祝福された、忘れられない愉快な出来事の22周年記念日です。あの素晴らしい出来事へのお礼状が遅くなりすぎないようにするために、今日、手紙を出さねばなりません。とてもはっきりと、細部にいたるまで、残らず思い出すことができます。とりわけ、あの嬉しい朝——1922年9月7日——そんな思いもよらない喜びがありえるかもしれないと知らせてくださるお手紙を受け取った朝のことを思い出します。

（ことによると，*興奮のあまり，コカレルとロレンシアは，お互いの手紙の一部を読みあげる。コカレルがロレンシアの言い回しをいくつか喋ったり，その逆をしたりして。*）

ロレンシア　親愛なるコカレル様、私は目下のところ、すっかりグレゴリオ聖歌づいていまして、サフォック州のイースト・ベルゴット[113]修道院からお招きを受けて、そちらの修道女たちに1か月間、聖歌指導を行う予定です。先方は、今すぐあるいは春に私に来て貰いたがっていますが、今すぐは、さまざまな理由で無理ですし、春もそうかもしれませんが、そのときになれば旅の機会が訪れるかもしれません。このことはどなたにも他言なさらないでください。あなたは私がお伝えする唯一の方です。

コカレル　お便りにたいそう興奮しています。パディントン駅[114]でお会いして、大英博物館経由でロンドンをご案内することはできないでしょうか？　博物館はリヴァプール・ストリート駅[115]に向か

う途中にあります！

ロレンシア　私のお知らせに熱心になって下さり、なんとご親切な方でしょう。もし、事がうまく運べば、大英博物館にかんする魅力的なご提案を実現するよう、できるかぎり努めてみますが、ロンドンに立ち寄るのを許してもらえるかは分かりません。その時には、またその時が来れば、あなたの雄弁を駆使して、その寄り道がどのように実施できるか説明するお手紙を、修道院長宛てに書いていただかねばなりません。湯たんぽを私に送るお気遣いをいただき、ご親切様です。このうえなく感謝しております。

コカレル　日取りが決まり次第、ぜひ知らせてください。この計画が中止になる可能性を私は認めません！

ロレンシア　親愛なるコカレル様、イースト・ベルゴットへは6月11日にきっと出かけることをようやくあなたにお知らせすることができます。まだいくつか正式な手続きを経なければなりません。この遠出の旅にはローマからの許可が必要なものですから。しかし、やがてそれらは解決されると思います。

コカレル　パディントン駅でお迎えできるように6月11日は空けておきます。お聞かせ願いたいことは、①観光に自由に使えるお時間は、正確に言って、どのくらいでしょうか？②すべての時間を大英博物館で費やされたいでしょうか、あるいは国立美術館にも、あるいはウェストミンスター寺院などなどにも、足を運ばれたいでしょうか？　あなたからこの情報をお聞きした後、計画案を是認していただくために、修道院長宛てにお手紙を差し上げるべきでしょうか？　ロンドンをお通りの際は、ごくふつうの一般人でしょうか？　——すなわち、一般のレストランで昼食されますか、それとも、どこかもっと神聖で人目につかない場所を見つけないといけませんか？

ロレンシア　私の列車はパディントン駅に11時15分に到着予定で、リヴァプール・ストリート駅を5時42分に出発しますので、ゆうに一

日あります。すべての時間を B.M.（大英博物館）に使いたいと思います。修道院長はこのことをすべて認めて下さっていますから、さしあたり、お手紙をお出しになるには及びません。まるで私がこうした計画を立てることが世の中でもっとも自然なことのように、こんな計画を立てているなんて、不思議なことに思えます。

コカレル　あなたをロンドンにお迎えするのはなんと嬉しいことでしょう！また別の訪問に備えてあなたの箒をいつも手入れしておく気にさせるような、建物や写本のご馳走をたっぷりと堪能しましょう。

ロレンシア　親愛なるコカレル様、修道院長は、旅行について、まったく新しい改良案とともに、今朝目覚められました。私はウェストミンスター大聖堂でのミサに出たかったのですが、一泊しない限りは無理のようですし、院長はそれを望まれませんでした。しかしながら、この問題は解決しました。より早い列車で上京し、パディントン駅に 9 時 50 分に到着したあと、10 時 30 分のミサに大聖堂へ直行します。現地でお出迎え下さり、正午までその寺院をご案内して下さいますか？　それから B.M. へ参れますか？　あるいはあなたにとってこれは非常にご迷惑でしょうか？　ぜひ率直にお答えください。

コカレル　あなたのご計画に喜んで従います。大聖堂でお会いし、それから B.M. について相談しましょう。非常に忙しい一日になります。

ロレンシア　月曜日を心待ちにします。あなたにまたお会いできれば嬉しいことでしょう。

コカレル　彼女はウェストミンスター大聖堂で盛式ミサに参列した。

ロレンシア　そのあと私たちは、ウェストミンスター橋からのロンドンの景色を眺めに行きました。

コカレル　午後、彼女は、最高の公式案内を受けて、大英博物館の主要写本の逸品をいくつか、個人的に見せてもらいました。

ロレンシア 『リンディスファーン福音書』[116]『メアリー女王の詩篇』、それに『ランベス聖書』[117]。

コカレル 私たちは4時40分に出て、車でリヴァプール・ストリート駅に向かいました。

ロレンシア 親愛なるコカレル様、昨日のことはどう表現すればよいのでしょうか？　心から申し分なく喜んだ一日でしたし、黄金の想い出としていつまでも生き続けるでしょう。昨日のあらゆる瞬間を神に感謝し、昨日を幸福なものにするべく大いに尽力して下さったことであなたに感謝いたします。まったく思いもよらない（夢に見なかったわけではありませんが）ことでしたので、その素晴らしさや意味にいくぶん恍惚感を覚えましたが、それと同時に、まったく自然で正しいことのように思えました。B.M. での数時間はまったくの至福でした。しかし、贅言を弄しても仕方ありません。あなたがして下さったことやその手際にどんなに私が感謝しているか、あなたはお分かりで、よくご存知なのですから。

コカレル ええ、たしかに昨日は吉日中の吉日でしたし、はたしてこんなことが起こるものだろうかと事前に信じかねていたのと同じように、すべて夢ではなく現実だったのかどうか、早くも疑いを抱きはじめています。お別れの言葉を申し上げたときには、さぞお疲れだったに違いありません。あの壮麗な写本をあなたがご覧になって手に触れられたことを嬉しく思いますし、写本があなたの前に置かれたときに自分がその場に居合わせたことを誇りに思います。慌ただしい目の保養でしたが、まさしく最高の保養でした。嘘偽りなく、昨日は私の生涯の重要な日々の一つで、臨終のときに想い起こすことでしょう。友人たちや私自身のために願っている突然死ではなく、臨終を迎えれば、の話ですが。（ショーが、目庇(まびさし)をつけ、植木バサミを持って、登場。庭からは鳥のさえずり。秋と篝火(かがりび)の雰囲気。）

ショー 私に宛てるいかなる記念碑の碑文にも、私がいかなる確立した宗

派にも属していたと暗示させてはならないこと、また、記念碑そのものも十字架や他のいかなる拷問道具の形をとってはならないことを、私は要望しました。ウェストミンスター寺院について言えば、私はまったく気に入りません。私の亡霊は、大きな建物にはうんざりするでしょう。［1944.9.29 と 1946.5.3 ともにコカレル宛て］

（ロレンシアは『タイムズ』紙を読んでいる。）

私には季節、つまり木々や鳥たちが必要です。私が本当に欲しいのは、ここの庭の小さな台に載せた美しいデザインの骨壷で、シャーロットと私はその中に入って、カッコウやナイチンゲールの初鳴きに耳を澄まし、大きな桜の木の匂いを嗅ぐのです。

ロレンシア　親愛なるブラザー・バーナード、私がもしも忘れていたとしても、『90歳のGBS』[118]の新聞広告で、あなたのご長寿が喜ばしい90歳に垂(なんな)んとすることを思い出したことでしょう。

（ショーは園芸用手袋と目庇(まびさし)を外す。）

とてもたくさんのお手紙に悩まされていることでしょうから、これだけを申し上げます。神の御加護がありますように、そしてメトセラ[119]に倣って、ますますのご長寿をなさいますように。

（ショーは黒い室内履き(スリッパ)を履き、腰掛けに両足を載せ、瓶から煮詰めた砂糖菓子を一つ取り出し、電報の束をぱらぱらとめくる。）

ショー　私の誕生日にコカレルとちょっと話をしました。彼はいくぶん、老いてきたようですが、杖なしでも歩くことができ、私にはそんな真似をする勇気はありません。泥酔して心神喪失であると警察に告発されてしまいますから。しかしながら、私は庭にいるとすこぶる幸せです。そこでは、数週間が数分のように飛び去り、その速さは信じがたいほどです。いつか、手遅れにならないうちに腰を据えてちょっとばかり抜本的な剪定をしなければなりません——わが身の剪定のことです。私には剪定が必要です。枯れ枝がたくさんあるからです。私はかつて音楽論を書き、芸

術論を書き、演劇論を書き、小説を書き、戯曲を書き、シティ・テンプル教会[120]で説教し、無神論を唱え、剽軽者で、危険人物で、扇動者で、フェイビアン協会会員で、菜食主義者で、いまでは百万長者です。すべては支離滅裂でまとまりのない寄せ集めのがらくたです。数々の仮面を焼き払う潮時です。もう仮面にはうんざりしています。一人の個人になる潮時なのです。〔1946.7.30〕
（コカレルはサザビー[121]の目録を吟味し、次回販売予定の書籍を調べている。）

コカレル　鑑定家たちやフィッツウィリアム美術館のために稀覯本や稀覯写本を入手するだけでなく、長年にわたって、自分自身の少なからざる蔵書を鋭意、築いてきました。貧困も結婚の責任も私の蒐集家としての本能を抑制できませんでした。物を買うのは止めようと誓ってもまったく無駄でした。ある程度その気になってしまうと、つねに誘惑に屈したのです！　幸いなことに、私が蒐集を始めたころは、書籍商が教育を受けておらず――ラテン語が読めませんでした。かくして、私の写本の多くは、今では買値の10倍の価値になっていて、かなりそれを上回る場合もしばしばあります。10世紀の英訳ボエチウス[122]は、1909年に75ポンドで買いましたが、今では6,600ポンドの値が付いていますし、プラトンの『対話篇6篇』[123]は、1920年には24ポンドでしたが、現在ではサザビーで5,800ポンドと評価されています。もちろん、これらの金額は、それ自体は重要ではありませんが、いまではお茶とともに卵を一個いただく余裕があることを知るのは嬉しいものです。

（コカレルはその書籍をきちんと積み上げて、勢いよくお茶をする。）

ショー　*（夜間。9月。）*親愛なるシスター・ロレンシア、数週間前、私はまた別の非常に特別な友人の訪問を受けました。彼の天職は、いかなる2つの天職でもありえないほどに、あなたの天職と大き

く異なるものでしたが、私の考えでは、彼はあなたの主題である祈りの効能とつながりがあります。彼はジーン・タニー[124]というアイルランド系アメリカ人で、驚くなかれ、無敗の世界ヘビー級ボクシングの王者としていまでも有名です。彼は余すところなく善良な男で、どんな人々と同座してもまったく見苦しくありません。敬虔なカトリック信者の家柄、すなわちカトリック教会の柱石を担う家柄の出身ですが、彼の言葉を借りれば、「プロとしてリングに上がれば、そんなことはいっさい、かなぐり捨てた」のです。しかし、彼が信仰を捨てても、信仰は彼を見捨てませんでした。ボクシングの試合で莫大な財産を築き、引退後には裕福な女性[125]と結婚しました。若い夫婦はヨーロッパに旅行でやってきて、いつしかアドリア海[126]の観光レジャーの島にいたのですが、その折りに私は彼と出会って仲良くなりました。彼は私に、つい最近、自分の身に起きた出来事を語りました。彼の妻は、大方の外科医が知らない、重複虫垂炎という非常に稀な疾病に罹りました。大手術以外には彼女を救うことはできませんでしたが、その島には年寄りの藪医者が一人いるだけでした。10時間以内の死が確実でした。ジーンは、無力で絶望し、妻が死ぬのを見守ることしかできませんでした。ただひとつ、信仰に立ち戻って祈ることを除けば。彼は祈りました。翌朝早く、その島に上陸したのはドイツでもっとも腕のよい外科医で、しかも重複虫垂炎の発見者その人でした。10時前にタニー夫人の病は峠を越し、いまでは4児の健康な母親です。プロテスタント信者や懐疑論者は、たいていの場合、このことに偶然の一致以外のなにも見いだしませんが、たった一度の偶然の一致でさえ起こりにくいのに、この事例のように、いくつもの偶然の一致が重なることは、いくら奇跡に満ちた世界でも、ほとんど信じがたいことです。祈り、外科医の到着のタイミング、彼がその奇病の専門家であったことは、非常に複雑な偶然の一

致ですから、もし、赤の他人に関する中国からのニュースとして報道されていたら、私はその話を信じなかったでしょう。実際にはそうではなかったので、私はその話を疑いませんし、私があなたの祈りに本能的に置いている評価をこの話はますます高めるものです。ですから、お祈りの際には私を忘れないでください。お祈りのお陰で、どのように、あるいはどうして、私がその分だけ善良になるのか説明はできませんが、私はお祈りが気に入っていますし、もちろん、そのせいで悪くなることはありません。ひょっとするとタニーの話は前にも話したかもしれません。老人は同じ話を情け容赦なく繰り返しがちです。かまやしません。2度話すことに耐える話です。(*懐中時計を確かめる。*) 私はたいそう年をとりました (92歳) ので、いま私がスタンブルックまで行けたとしても、私だとはまず気づいて貰えないことでしょう。私は足元がよろよろで、ダース単位でヘマをやらかしますが、肉体はズタズタになりつつあるものの、80歳かそのあたりで訪れる耄碌、いわゆる第2の幼年期は通り越し、それに続く例の穏やかな元気回復、いわゆる第2の息を得ています。私の魂は依然として歩み続けます。この手紙に返事を書かねばならないと、一瞬たりとも、思わないでください。義理の手紙を書く暇はあなたにはありません。私の次の誕生日に、もしそれが訪れるとすればですが、一言、ご挨拶をいただければ、私は満足です。
[1948.8.17]

(*3人の友人たちはこの場面で接近する。*)

コカレル　もっとも親愛なるシスター、先月、ケイトは軽い発作を起こしました。彼女はいっそう衰弱し、意識不明になり、今朝、ほんとうにほっとしたことに、最期が訪れました。彼女の人生がもっと先に引き延ばされなかったことを非常にありがたく思います。30年以上に及ぶ不自由な身の病気にもかかわらず、彼女の人生は総じて、幸福な人生だったと思います。私の方が先に逝かな

かったこともありがたく思います。そうなっていたら、いろいろなことが彼女にはたいそう難儀だったことでしょうから。

ロレンシア　もっとも親愛なるシドニー、あなたやご遺族に対して心からのお悔やみを申し上げるまでもありません。思いやりと祈りのなかで、私はあなたと共にいます。

コカレル　だいぶ昔になりますが、子どもたちが小さかった頃、ケイトが私に、短いけれども真情のこもった手紙を寄こしました。どんな出来事や事件が彼女に手紙を書かせたのか、すっかり忘れてしまいました。「たいへん悲しい気持ちによくなります」と、彼女は書いていました。「あなたが子どもたちともっと触れ合おうとされないので。なぜなら、いま、子どもたちと仲良くしないなら、将来、仲良くはなれないでしょうし、子どもたちが大きくなり、力になってやりたいと望んでも、子どもたちに近づけなくて、ひどく惨めな気持ちになるでしょうから」。いとしいケイト。際立った、勇気ある女性だった。葬儀はとても簡素なものだった。彼女の著書の数冊、彩色だけでなく自ら著述もした5冊をモートレイク火葬場[127]へ持って行きました。私たちは半時、代わる代わるそれらの本を眺めて、帰宅しました。私は、つらい一日が満足のいく形で過ぎ去ったことに感謝しつつ、早めに就寝しました。（書棚を指さして）彼女の遺灰はそこに、書棚のあの小箱の中に、しまってあります。いつの日か、私の遺灰と混じり合わせられるように。

（ロレンシアは車椅子に座っていて、いまでは体の自由がひどくきかず、首と両手を動かすことしかできない。彼女は『タイムズ』紙を読み、ぼんやりと自分に向かって歌を口ずさんでいる。ギルバートとオサリヴァンの一節[128]である。）

ロレンシア　「我こそは海の王者、
　　　　　　女王陛下の海軍の統率者、
　　　　　　その賞賛を大英帝国は高らかに謳う

そして我らは、彼の姉妹、いとこ、おば」。
(最終行の歌詞の途中で、教会の時計が時を打ち、それと同時に、終課(コンプリン)を告げる鐘が鳴る。ロレンシアは壁に掛けられたキリスト磔刑の十字架を見上げ、無言で祈りはじめる。ある種の以心伝心のやりとりで促されたかのように、コカレルはギルバートとオサリヴァンの最後の数小節を口ずさむ。)

(ショーは、原稿の反故や捨てられた包装紙、未開封の手紙に囲まれて座っている。)

ショー　もっとも親愛なるシスター・ロレンシア、[93歳の] 誕生日にあなたからの手紙を受け取りました。非常に聞き苦しい罵倒の言葉とともに、詰め込みすぎの屑籠へ直行しなかった唯一の手紙です。アイルランドの実に多くの人々が、私には入用でなく、また彼らの多くにはそんな余裕などないような、食料品の小包やちょっとしたプレゼントをひっきりなしに送ってくれましたので、お金で買えるものは私には必要ではありませんと、公けに宣言せざるを得ず、お金では買えない彼らの祈りの言葉だけを求めました。それからというもの、私は祈りの言葉の海に呑み込まれてしまい、永遠の審判官が「このいまいましい野郎め、こいつのせいで私はせっつかれている。奴なんか勝手にしやがれ」と叫ぶ危険にあります。私は聖母マリアのメダルを山ほど貰い、それには、九日間の祈りを唱えればマリア様に求めるどんな手助けでも下さいますという能書きが添えられています。そこで私は、私たちがこの邪悪な世界にいるのはマリア様のお力になるためであって、マリア様にねだるためではありません、と返答せねばなりません。ある説明のつかない理由で、私はスタンブルックのお祈りをそれだけで一部類に特別に仕分けしており、その祈りが神の神経に障ることに恐怖を少しも感じていません。私の全財産はスタフォード・クリップス卿[129]の整理棚に消えて

いく予定です。ロンドンにある私の書物や家具は残らず売り払い、同じ住所にある、安手の家具付きアパートにとっとと出て行かねばなりませんでした。

（ショーはラジオのスイッチを入れ、ヴェルディ[130]の『レクイエム』[131]の「我を救い給え」に聞き入る。）

私は恐ろしく老いて（93歳）あまり歩けません。幸いなことに、頭の方は脚よりもしっかりしています。しかし、自然の成り行きで、もうそれほど生き永らえられません。コカレルと私は、とても頻繁に手紙のやりとりをしています。この手紙に返事を書かねばならないとは夢想だにしないでください。スタンブルックのことを考えるのが私には喜びであるとお伝えするための手紙です。スタンブルックは私の聖地の一つです。［1949.9.2］

ロレンシア　私の親愛なるブラザー・バーナード、ラヴェンダーの収穫がまさに始まり、私の仕事の一つは、バザー用にラヴェンダーを小さな袋に詰めることです。

（ショーは寝入る。）

お送りくださった非常に親切で思いがけないお便りへのお礼としてそれをお受け取り下さり、その芳香によって、あなたを愛情深く覚えているスタンブルックのことを、あなたがいつまでも覚えていて下さることを願っています。ラヴェンダーのなかに聖母マリアの小さなメダルを一つ入れてありますが、嫌だとは仰らないでください。祈りは続きます。［1950.8.8］

（ショーは身じろぎもしない。ラヴェンダーの袋が彼の手から落ちる。ヴェルディの曲が、はるかかなたで、続いている。）

コカレル　GBS（ショー）は1950年11月2日に亡くなりました。彼の生きている友人の中で私は最高齢だったと思います。彼がいなくてとても寂しいですが、晩年の不快な時期に彼が待ち望んでいたように、最期が訪れたと聞いて、ありがたく思いました。私は彼に深い尊敬の念を抱いていました。彼には紳士の資質がすべて備わって

いました——揺るぎない誠実さ、他人への思いやり、ひけらかさない寛大さ、です。荼毘(だび)に付すためにゴウルダーズ・グリーン[132]へ行きました。9か月ぶりに列車に乗りました。宗教的儀式はまったくありませんでした。オルガン奏者がエルガー[133]の『謎の変奏曲(エニグマ)』[134]の一つとヴェルディの『レクイエム』から「我を救い給え」を、レイディ・アスター[135]にショーが表明していた遺志に従って、演奏しました。その演奏の合間に、私はショーが終生大いに賞賛した書物『天路歴程』[136]から〈真 理を求める勇 者(ミスター・ヴァリアン トー＝フォー＝トゥルース)〉の最後のセリフ、「そしてすべてのトランペットが彼のためにあの世で鳴り響いた[137]」で終わる一節を、(非常に拙(つたな)く)朗読しました。その場にこれ以上にふさわしいものはありえなかったと思います。

ロレンシア 親愛なるブラザー・バーナードはじっさい、ふさわしい礼遇を受けられました。この偉大で愛おしい方との友情に対して、いつまでも感謝申し上げます。その友情に対する彼の忠誠は、いつも私には驚きでした。一年また一年と彼のことが好きになりました。万霊祭[138]の日に亡くなられましたから、多くの人からのお祈りを受けるでしょう。

ショー 私たち人間は非常に哀れな代物だという事実を直視せねばなりません。とはいえ、私たちは、神がこれまでのところなし得る最良のものに違いありません。そうでなければ、神はもっとましなことをされたことでしょう。私たちは蛆虫(うじ)であるという古い敬虔な言葉には、大いなる意味があると私は思います。近代科学が実証していることは、生命は、小さな原形質として、ささやかで弱弱しく不思議で盲目的な形態で始まったこと、さらに、この、ある不思議な推進力、つねに高次の有機体を目指す推進力にひそむ、意志のようなもののおかげで、徐々にその小さな物質は、たえず努力し、意欲し、それ自体に目的を抱き、その目的の所産でもありながら、より高次なものになろうと意欲し奮

闘する力によって、徐々に、不思議にも、奇跡的に、連続して、一連の存在を進化させ、その存在の一つ一つが自身よりも高次なものを進化させたのです。それでは、こうしたことすべての結末はどういうものでありえるのでしょうか？　結末がある必要はありません。いままで続いてきた以上、その過程がよもや停止する理由はひとつもありません。しかし、その過程は、無限の途上において、ある存在、ある位格(ペルソナ)と言ってもかまいませんが、強靭かつ聡明で、全宇宙を理解しうる頭脳と、宇宙の包括的意志を実行しうる能力をもつ存在、言い換えれば、全能かつ博愛の神を、生み出すことを達成せねばなりません。

(ショーに当てられた照明が次第に消えていく。)

コカレル　もっとも親愛なるシスター、私は頭の回転も記憶力も嘆かわしい有様の、どちらかというと、哀れな代物ですが、29年前の私たちのロンドン旅行の、明日の記念日を忘れることはできません。考えてみれば！　私たちはいまでは人生の半分以上、友人だったのです！　なんと不思議で幸運な巡り合わせが私たちを結びつけ、なんと訳なく、あなたとお知り合いにならないこともありえたことでしょう！　もしそうなら、私の損失がいかに大きなものであったか、けっして推し量ることはできなかったでしょう。今年はずっと心臓病で寝たきりで——軽い不快感で、言うほどの痛みはありません——とても親切な見舞客がおおぜい来てくれますので、愚痴はこぼしません。しかし、精根尽きて役立たずの気分です。国王陛下のようにさっと往生できるなら、私の仕事はもうとっくに終わっていますから、嬉しいのですが。あなたはいかがお過ごしですかな？　あなたご自身のもっと詳しいお話を聞かせてくださるようお願いします。私にとってあなたが果たして下さった役割や大切さに対して、格別な愛と限りない感謝を捧げます。

ロレンシア　もっとも親愛なるシドニー、この忘れられない日付は、まさしく

もっとも幸福な想い出を蘇らせ、大英博物館での私たちの一日がどれほど私の頭も心も豊かにしてくれたか、私の人生においてかつてないほど幸福な気分を味わわせてくれ、予期していた百倍のものを授かったお手前にただただ驚嘆するばかりだったかを、十分に説明できないのが残念です。喜びとあなたへの感謝を抱いてあの一日のあらゆる細かなことを振り返ります。ウスターのケシの並木道を通り抜けるドライブから、ウェストミンスター大聖堂で最初にあなたを見つけたこと、リヴァプール・ストリート駅でのお別れに至るまで。もちろん、そのときから、私たちはずいぶん変わってしまいましたし、あなたのお便りは、お体のさまざまな不調について触れられています。他のおおぜいの忠実なご友人がたのようにあなたのもとを訪ねるわけにはまいりませんが、私の思いはしばしばあなたと共にありますし、私の祈りも同様です。

（一瞬の苦痛。ロレンシアは、穏やかな喘ぎ声をあげる。痙攣は消える。）

今年はずっとかなり具合がよくありませんでしたが、いまではまた元気になって少しずつ仕事に取りかかっています。もっとも、たっぷりと安静にしているために、とても弱い音(ピアノ)になりつつあり、移動はたいてい車椅子です。達筆なお便り、ありがとうございました。時間や手間でご負担にならなかったことを願います。1907年に初めて出会ってからのすべての歳月の至福の想い出と愛をこめて。[1952.6.11]

コカレル　デイム・ロレンシアからの悲報。彼女は肺充血で危篤状態にある。これが、彼女から受け取る最後の手紙になるかもしれない。しっかりとした筆跡で書かれている。なんとか持ちこたえています、と書いている。

ロレンシア　友情とはなんと不思議なものでしょう！　それに友人は、なんと不思議なほど、また愉快なほど、それぞれに異なっているので

しょう——友人そのものだけでなく、友人に対する見方においても。支えてやらねばならない友人もいれば、支えてくれる友人もいます。完璧な友人とは、私の考えでは、相手をひとたび信じたなら、とことん信じてくれ、説明や確約をぜったいに要求しない人です。真の友情は、人生を栄(は)えあるものにする、霊妙で美しい力の一つなのです。
(修道院の聖歌隊が「クム・トランシエリス・ペル・アクアス・テクム・エロ」を歌っているのが聞こえる。ロレンシアはしばらく耳を傾けたあとで、歌詞を発音する。)
クム・トランシエリス・ペル・アクアス・テクム・エロ、エト・フルミナ・ノン・オペリエント・テ——汝、水中を過(す)ぐるときは、我、ともにあらん。河のなかを過(す)ぐるときは、水、汝の上に溢れじ[139]。

(ロレンシアに当たっていた照明が次第に消える。歌声もまた消える。)
(鐘が鳴る。庭の門は開いている。一羽のカッコウのさえずり。)

コカレル　非常に立派な淑女(レイディ)が亡くなられた。長い人生のうちで、かくも思慮深く、学識豊かで、高徳で、なおかつ同時に、優しさと哀れみに満ち満ちていた女性を私は他に知らない。そしていま、その女性が亡くなられた。彼女を知る人々すべてから慕われ、敬愛を受けて。彼女の逝去を告げる一枚のカードは、次の言葉で結ばれていた。「聖なる教会の儀式に力づけられて、彼女は1953年8月23日、数えの88歳、修道院生活69年目、修道院長在職22年目にして、魂を神に委ねられました」。
(つかの間の静寂。やがて電話が鳴る。コカレルは受話器を取って、受話器に大声で話す。)
もしもし、はい？…何ですって？…ええ、本人です——私がコ

カレルです…何です？ どなた？…大きな声で話して下さい、すごく耳が遠いもので…何です？…ええ…どなたです？ 何をされた？…何です？…何の本？ 何の展示ですって？…何です？…だめです、不可能です、そんなことはできません…何ですって？…だめです、そちらの展示に私の本は一冊もお貸しできません、残念ながら。それに、大半は売り払ってしまいましたし…いいえ、考えは変わりません、その可能性はまったくありません。いまにも死にそうな身でして、もしお貸ししたなら、すごく厄介なことになりかねませんし…ええ、申し訳ありません――それじゃあ。(*電話を切る。間。*)またひと冬がすぎ、私は依然として、部屋から離れられない病人だ。いま時分は死んでいるだろうと思っていたが、生き長らえて周囲の者にいっそう迷惑をかけるのに甘んじている。ちょっと胸の具合が悪いことを除けば、1年前よりも明らかに体調はよい。ほとんど無為に過ごしているせいだろうと思う。(*間。*)どちらかといえば、自分は利口な青年だと、かつて考えていた。いまでは、二流にすぎなかった、と悟っている。私は生まれながらにして策士で、黒幕で、そのようにして、それ以外には役立たずな自分の存在を正当化しようと躍起になった――私よりも才能豊かな人々をいじめ、最大限に利用することで。しかし、私は実に興味深い人生を送ってきた。ケイトの嘆かわしい病を別にすれば、また最初から同じ人生をやり直したいものだと思う。(*間。*)幸福で興味深い人生を送る秘訣は、だれとでも、どこででも、話しかけることだ。たとえば、ある日、キュー国立植物園(ガーデン)[140]を散策中に、バンガロール[141]出身の立派なインド人数学者や、ワトフォード[142]に長く住んだことがある、教養豊かなドイツ人のシルク商人、コマドリを見たがっている恰幅のいいアメリカ人外科医と知り合いになった。私はそうした偶然の出会いを楽しんでいる。たいていの人は、そうした出会いをまったく利用しない。(*間。*)昨夜は2遍、精神が抑制でき

なくなって目が覚めた。思考があてどなくさまよった。以前にも一、二度、こんなことがあって、非常な不快感を覚える——もしかすると、軽い狂気なのかもしれない。(間。) 1934年の日記を読んで午後の大半を過ごし、思わず夢中になるほど面白かった。その年の6月17日時点で、私はまったく同じ歳月——33年と168日——を19世紀と20世紀のそれぞれで生きていたことに気づいた。人の人生の綾は、なんと惚れ惚れさせるものなのだろう！(間。) 愛しいフレイア・スターク[143]が会いに来てくれた。私はいまではとても耳が遠いので、筆談をせざるを得なかった。彼女は可愛らしくて素晴らしい女性で——本当に頼りがいがあり、とても小柄で、しっかりとアーチを描いた形の鼻とめまぐるしく変わる表情の持ち主だ。骨折り旅行を度々こなすだけのスタミナが彼女にあるのは驚きだ。(間。) 子ども2人が6つか7つのとき、いっしょに散歩に出かけたのを覚えている。マーガレットは、神様を作ったのはだれなの、とか、世界ができる前はなにがあったの、と尋ねた。すると、クリストファー[144]は、死んだら、生きていたことを覚えているの、と尋ねた。マーガレットは、鳥になって生まれ変わるかも、と考えた。それから、死んだ後は、歴史の一部になるのよ、と言った。ことによると、その答えの数々は、もうじき分かるのかもしれない。(間。) むせたり、咳きこんだりとてもいやな一夜を過ごした。終わりがすぐ近くに迫っていると思った。午後には、不安にさせる兆候があった。急に熱が出て、人の顔が、医者の顔でさえ、誰だか分らなかった。(間。) 私は、ひどい臆病者で、痛みにひどくおびえている。(間。) 私は自分の子どもたちに、男女を問わず、この世でもっとも善良でもっともやさしい数多くの友人たちを残す。友人たちが私にとって意味してきたものすべてを有り難く実感しつつ、友情は人生でもっとも貴重なものである、と私は断言する。しかし、友情は、注意深く世話をし、優しく扱わねば萎れてしまう植物に

似ている。絶えず気配りし、何度も訪ねて行き、ちょっとした世話を焼き、溢れんばかりの思い遣りをいつでも抱くことではじめて、友情は保たれるのだ。子どもたちがこのことを忘れずにいて、私がこれまで味わってきた幸福を子どもたちもまた味わえることを切に願っている。(*間*。) 青年[145]が一人、ラスキンについて話をするために私に会いに来た。その偉人との私の最後の対面のことをいろいろと話してやった。亡霊と会見しているみたい[146]だったと言った。青年は内気で、私は耳がまったく聞こえない。したがって、たいして話は弾まなかった。無駄に過ごした午前だった。(*間*。) 9時15分から5時15分まで眠った。実に久しぶりの最高の夜だったが、衰弱して愚かな気分で目覚めた。死の天使は私のことをすっかり忘れてしまったみたいだ。その反面、明日ぽっくり逝ってしまうかもしれない。ひょっとするとね。

(*コカレルは腕時計を見て、日記[147]に時刻を記入する。腕時計のゼンマイを巻いていると、カッコウが一羽、遠くでさえずる。*)

ゆっくりと幕が下りる

訳　註

1) マイケル・レディングトン（Michael Redington, 1927-）レスター生まれ。16 歳のときに地元劇場の『クリスマス・キャロル』で過去の亡霊役で初舞台を踏み、22 歳でロンドンでの『リチャード 3 世』『悪口学校』などに出演。23 歳で園芸家アン・コネルと結婚し、1 男 1 女をもうける。27 歳の『真夏の夜の夢』出演以後は、プロデューサーに転身し、1980 年代にホワイトモアの戯曲数編を中心に、ロンドンでの舞台劇制作に貢献した。
2) ジェイムズ・ルーズ＝エヴァンズ（James Roose-Evans, 1927-）演出家・脚本家。1959 年、ロンドンにハムテッド・シアター・クラブを創設し、1971 年まで芸術監督を務めた。トリエステでローマ・カトリック教に入信した。
3) アレック・ギネス卿（Sir Alec Guinness, 1914-2000）イギリスの俳優。『戦場にかける橋』（*The Bridge on the River Kwai*, 1957)、『アラビアのロレンス』（*Lawrence of Arabia*, 1962）など。
4) チェスタ・ビーティ（[Sir Alfred] Chester Beatty, 1875-1968）ニューヨーク生まれのイギリスの鉱山技師・美術品蒐集家。中部アフリカの銅山開発に貢献。蒐集した美術品・古文書・古代遺品の多くはダブリンの Chester Beatty Library and Gallery of Oriental Art に保管されており、アイルランド名誉市民の第 1 号として知られる。
5) 芝居のタイトル『最良の友人たち』というタイトルはホワイトモアの独創ではない。コカレルは自分が受け取った手紙を『生涯の友』として刊行し、その続編の書簡集の表題が『最良の友人たち』であった。
6) アンドルー・ホッジズ（Andrew Hodges, 1949-）数学者で 1970 年代のゲイ解放運動の活動家。『アラン・チューリング──エニグマ』（*Alan Turing: The Enigma*, 1983）を著した。
7) アラン・チューリング（Alan Turing, 1912-54）イギリスの数学者・論理学者・暗号解読者・計算機科学者。
8) デイム・フェリシタス・コリガン（Dame Felicitas Corrigan, 1908-2003）イギリスのベネディクト会の修道女。リヴァプールにキャスリーン・コリガンとして生まれ、オルガン奏者の才能を発揮する。1933 年にスタンブルック修道院修道女となり、聖歌隊の指導者となる。終課の祈りの英語版作成にあたる傍ら、サスーン（後注 103）やアレック・ギネス（前注 3）、女性作家ルーマ・ゴドゥン（Rumer Godden, 1907-98）などの著名人と知己になり、カトリック改宗に貢献した。東京生まれのアイルランド中世文学研究者ヘレン・ウォッデル伝（*Helen Waddell: A Biography*, 1986)──ヘレンの兄サミュエルは、ラザフォード・メイン（Rutherford Mayne）の筆名で知られる劇作家である──や、サスー

ン伝（*Siegfried Sassoon: Poet's Pilgrimage*, 1973）、ドイツの修道院長で神秘詩人・作曲家だった、ビンゲンの聖ヒルデガルト（Saint Hildegard of Bingen, 1098-1179）、イギリスの詩人カヴェントリ・パットモア（Coventry Patmore, 1823-96）についても著作がある。ホワイトモアがここで言及しているのは、戯曲の種本となった『修道女、不信心者、超人』（*The Nun, the Infidel, and the Superman*）である。

9)　ヴァンダイク髭（Vandyke beard）先を細く尖らせた髭。フランドルの画家ヴァンダイク（Sir Anthony Vandyke, 1599-1641）の肖像画でよく描かれた。

10)　モリス・チェア（Morris chair）モリス（後注16）が考案した、背の部分が自由に動いて傾斜が調節でき、クッションを取り外しできる安楽椅子。

11)　ロセッティ（[Dante Gabriel] Rossetti, 1828-82）イギリスの詩人・画家。ラファエル前派の中心人物。Christina Georgina Rossetti の兄。

12)　スタンブルック修道院（Stanbrook Abbey）ウスターシャー州のモールヴァン丘陵（後注81）に佇む、ベネディクト会の女子修道院。1623年夏、ヘンリー8世の宗教改革による修道院解散の弾圧が続くイングランドを離れて、8人の敬虔な若い女性が大陸に渡り、トマス・ムアの曾孫クレサクル・ムアの経済的支援を受けて、1625年元日にフランス北部のカンブレ（Cambrai）の地で修道会を結成し、9人目の志願者キャサリン・ギャスコインが初代院長となって、興隆を見た。しかし、フランス革命による投獄や厳しい迫害に耐えかねて、1795年にイングランドに戻り、1838年スタンブルックにこの修道院を創設した。敷地面積21エーカーの土地にゴシック復興様式の塔を擁し、鐘楼には8つの鐘が設置されている。[ちなみに、この修道院はアイリス・マードック（Iris Murdoch, 1919-99）の小説『鐘』（*The Bell*, 1958）のインバー修道院の着想を与えたとも言われている。] 2006年9月時点で、修道女22人および献身者（oblate）と呼ばれる非居住の平信徒約120人がコミュニティを構成していた。しかしながら、2009年5月21日、コミュニティはノース・ヨークシャー州ワス（Wass）に、新しい修道院を建設して移転した。スタンブルック修道院は売却され、挙式会場を持つ豪華ホテルへの改装が進んでいる。ロレンシアがいたころの趣きを偲ぶことは、いまでは難しいかもしれない。

13)　エイヨット・セイント・ロレンス村（*Ayot St Lawrence*）ハートフォードシャーにある小さな村で、ショーは1906年から亡くなる1950年までここに住んだ。この村の教会墓地に、70歳で亡くなった女性の墓碑に"Her Time Was Short."と記されているのを見て、長寿の村こそ自分に最適だと決めて永住したという逸話が紹介されている。（橋爪洋『イギリス文学地誌』、創元社、1985年、p.228.）

14)　1901年9月からクリミアで療養していたトルストイは、1902年1月、肺炎で危篤状態になるが、6月27日には健康を回復してヤースナヤに帰っていた。（都築政昭『真実―トルストイはなぜ家出したか』、近代文藝社、2010年、p.175.）

15)　ディケンズ（[Charles] Dickens, 1812-70）イギリスの小説家。『二都物語』（*A Tale* of Two Cities, 1859)、『デイヴィド・コパフィールド』(David Copperfield, 1849-50)。

16) ウィリアム・モリス (William Morris, 1834-96) イギリスの詩人・工芸美術家・社会運動家。印刷工房 Kelmscott Press を作ってチョーサー全集などの美術出版を行った。The Earthly Paradise (1868-70)。

17) ラスキン ([John] Ruskin, 1819-1900) イギリスの著述家・批評家・社会改良家。オックスフォード大学美術史教授 (1870-79, 83-84)。Modern Painters (1843-60), The Stones of Venice (1851-53), Unto this Last (1862)。

18) 石黄（せきおう）(quagmire) 硫化砒素からなる鉱物。黄色で半透明、樹脂光沢がある。

19) フィッツウィリアム美術館 (Fitzwilliam Museum) ケンブリッジ大学の美術館・骨董博物館。第7代フィッツウィリアム子爵の遺贈品をもとに1816年に創設され、「古代遺物」「工芸品」「硬貨・勲章」「写本・印刷物」「絵画・図画・版画」の5部門を擁している。ラスキンが1861年に寄贈した水彩画25点を含む、ターナーの絵画が充実している。コカレルが館長職にあった時期に著しい増築がなされ、1924年に写本室と硬貨室を備えたマーレイ・ギャラリー、1931年にコートールド・ギャラリー、1936年にヘンダーソン・ギャラリーとチャリントン版画室が増設されている。(デイヴィド・スクレイス「フィッツウィリアム美術館」、図録『フランス近代風景画展』、p.10.)

20) イングランド人 (Englishmen) テレビ・ドラマ版では、このセリフの直後に、「アイルランド人だ」というショーの怒声の反論が挿入されている。

21) シャーロット (Charlotte [Payne-Townshend], 1857-1943) アイルランド人の政治活動家でフェイビアン協会会員として女性権利拡張に奮闘した。1898年にショーと結婚し、エイヨット・セイント・ロレンス村に1906年に移住し、1930年代に世界各地を旅行した。子どもをもうけない決意をしたため、性交渉を避けた。ショーは人妻との浮名を流したが、性的な関係は結ばなかったと言われている。変形性骨炎 (osteitis formans)、いわゆるパジット病 (Paget's disease) により1943年にロンドンで亡くなり、ゴウルダーズ・グリーンで火葬されたあと、彼女の遺灰は7年後に亡くなったショーの遺灰と混ぜられて、エイヨット村の歩道や庭の聖ジョウン像の周りに撒かれた。

22) 『聖女ジョウン』(Saint Joan, 1924) 1923年4月29日〜8月24日に執筆され、12月28日にニューヨークのギャリック劇場 (Garrick Theater) で初演された。全6場とエピローグからなる年代記劇で、この作品がノーベル文学賞受賞の決め手となった。

23) ウィーダ (Ouida, 1839-1908) イギリスの女性作家ラメイ (Marie Louise de la Ramée) の筆名。幼いころ、名前の「ルイーズ」を「ウィーダ」と訛って発音していたことに由来する。『フランダースの犬』(A Dog of Flanders, 1872) が代表作。

24) トスカナ州 (Tuscany) イタリア中部西海岸の州で、州都はフィレンツェ。ウィーダは1871年ごろにロンドンからフィレンツェ近郊のスカンディッチ (Scandicci) に移住し、詩人シェリーの溺死体が打ち上げられた海港ヴィアレッジオ (Viareggio) で肺炎で亡くな

るまで、イタリアで過ごした。一度結婚して離婚後は、ずっと独身であった。

25) 1904年1月2日付書簡(*Friends of a Lifetime*, p.148.) ウィーダはこの直後に「彼の信条の多くはまったく馬鹿げています。彼のディケンズ称賛は、彼の非知性的な精神構造を証明しており、彼の道徳や一夫一婦制は常識や自然に悖るものです」と続けている。

26) コカレルは、ウィーダと文通仲間のブラントに連れられて彼女に会ったが、その際、ブラントは同伴者が誰であるか紹介せず、お忍びの著名人であると言い張ったために、この誤解が生じたらしい。Cockerell, p.73.

27) デイム (Dame) 勲爵士 (knight) またはその上の准男爵 (baronet) の夫人に対する正式な敬称として、あるいはイートン校の寮母や教師夫人の意味で用いられるが、ここではベネディクト会やシトー会などの修道女に添えられる言葉。

28) ドム (Dom) カトリックの高僧やベネディクト会、カルトジオ会、シトー会などの修道士の尊称。「師」(master) を表すラテン語のドミヌス (dominus) が語源。

29) 『リンゴ運搬車』(*The Apple Cart*, 1930) 1928年11月5日～12月29日に執筆され、1929年8月19日モールヴァン(後注81)のフェスティヴァル劇場 (Festival Theatre) で創設された演劇祭の柿落としとして初演された。表題は、「計画を頓挫させ、現状を混乱させる」意味の慣用句〈リンゴ運搬車を転覆させる〉('upset the apple cart') に由来する。邦訳タイトルは、『デモクラシー万歳』『御破算』がある。王権を内閣が束縛する動きに抵抗した国王が、退位して一市民として立候補する意思を表明して内閣を威嚇する筋書きで、政治色が濃い作品。

30) 聖フランチェスコ (St Francis, 1182-1226) カトリック教会の聖人で、フランチェスコ修道会の創設者。イエスに倣い清貧・貞潔・奉仕の生活を守り、「小さき兄弟修道会」(のちのフランチェスコ修道会)を創立し、愛と祈りの生涯を送った。花や小鳥に至るまで、すべての小さきものへの純粋な愛によって、「イエスに最も近い聖者」として知られる。

31) アッシジ (Assisi) イタリア中部、ペルージア南東方の町。聖フランチェスコの生地で、修道院で有名。

32) ダマスカス (Damascus) シリア南西部にある同国の首都。現存する最古の都市の一つ。

33) グランド・マフティ (Grand Mufti) 各大都市における、イスラム法学の最高権威者。かつてのオスマン帝国時代、コンスタンティノープルのグランド・マフティは、国教の教主であった。

34) ミケランジェロ (Michelangelo [di Lodovico Buonarroti Simoni], 1475-1564) イタリア盛期ルネサンスの代表的彫刻家・画家・建築家・詩人。絵画『最後の審判』(1535-41)、彫刻『モーセ』(1513-16)。

35) アレキサンダー大王 (Alexander the Great, 356-323 B.C.) マケドニアの王 (336-323 B.C.) で、ギリシア、エジプト、ペルシア帝国やアジアの広範な地域を征服し、アレクサンドリアを建設した (332 B.C.)。

訳　註　*81*

36) ショーは1931年3月3日から1か月間、妻シャーロットとともにツアーに参加した。
37) カルヴァリ（Calvary）イエスが磔にされた地。エルサレム近くの丘。「髑髏」（しゃれこうべ）の意。
38) ボーヴェ（Beauvais）パリ北方のフランスの商工業都市。オワーズ（Oise）県の県都。ルイ14世が始めたボーヴェ・タペストリーで有名。
39) シャルトル（Chartres）フランス中北部の商業都市・司教都市。ウール＝エ＝ロワール（Eure-et-Loir）県の県都。有名な13世紀のゴシック式大聖堂がある。
40) サンマルコ大聖堂（St Mark's）1063年ごろから建設され、16世紀に補修・装飾された。ロマネスク＝ビザンティン建築の傑作で、内部は大理石とモザイクで飾られている。
41) ティベリアス湖（the lake of Tiberias）ガリラヤ湖（the Sea of Galilee）の別称。イスラエルとシリアの国境の淡水湖。ヨルダン川が北から流れ込み、南へ流れ出る。長さ21km、湖面は海面下209m。
42) 聖墳墓教会（The church of the Holy Sepulchre）336年にローマ皇帝コンスタンティヌスが、異教神殿に代えて、カルヴァリの丘と近傍の聖墳墓（イエス復活の場所）を記念するために建立した聖堂。その後、ビザンツ帝国時代・十字軍時代を経て19世紀に複合建立物となり、5つの教派（ローマ・カトリック教会ラテン典礼派、ギリシア正教会、アルメニア使徒教会、エチオピア・コプト教会、シリア教会）が聖堂内の帰属場所を管理して、それぞれの聖堂としている。（『図説　聖地イェルサレム』、p.64.）
43) オリーブ山（the Mount of Olives）エルサレムの東にある小丘（最高点標高約817m）。イエスはこの丘の麓のゲッセマネ（Gethsemane）で捕えられたのち、ローマ総督のピラト（Pontius Pilate）に引き渡された。
44) バクストン（Buxton）イングランド中部、ダービシャー州西部丘陵地方の中心都市。天然鉱泉があり、保養地・温泉町。人口2万人。「まるで熱海だ」ぐらいの感じか。
45) セイント・ジェイムズ宮殿（St James's Palace）ロンドンのバッキンガム宮殿の近くにあり、ヘンリー8世からヴィクトリア女王の即位に至るまでの王宮。
46) アート・ワーカーズ・ギルド（Art Workers' Guild）1884年にモリスのアーツ・アンド・クラフツ運動に関わっていたイギリスの若い建築家5人によって創設された組織。アーツの専門化の趨勢に反対し、美術・工芸・デザインなど、あらゆるアーツの統合を提唱し、自己満足に陥りがちなアーツの活性化を促した。男性だけの組織であったため、メイ・モリス（後注106）は1907年に「女性のアーツ・ギルド」を結成したが、1972年からは女性の入会も認められるようになった。
47) イートン（Eton）イングランド南東部バークシャー州にある、有名な男子パブリック・スクール。上流階級や政治家など社会的指導者の子どもが多く入学する。スクールカラーは淡い青色でイートン・ブルーと呼ばれる。
48) ジェイムズ博士（Dr James）［後注84を参照］

49) タプロウ (Taplow) イングランド南東部バッキンガムシャーの村で、テムズ河の東岸に位置する。現在の人口は 2,000 人足らず。

50) ウォルター・デ・ラ・メア (Walter de la Mare, 1873-1956) イギリスの詩人・小説家。詩集『耳を澄ます人々』(*The Listeners and Other Poems*, 1912)、小説『こびとの想い出』(*Memoirs of a Midget*, 1921) がある。

51) シャーロット・ミュー (Charlotte [Mary] Mew, 1869-1928) イギリスの詩人。詩集に *The Farmer's Bride*（1916）, *The Rambling Sailor*（1929）, *Collected Poems and Prose*（1981）がある。

52) グランヴィル・バーカー　生没年から推測すると、ここではイギリスの俳優で劇場支配人・劇作家だった Harley (Granville) Granville-Barker (1877-1946) を指している可能性が高い。イギリスの詩人で *Calamiterror* (1937)、*Lament and Triumph* (1940)、*Eros in Dogma* (1944)、*News of the World* (1950)、*The True Confession of George Barker* (1950) の著作があり、1939 年には東北帝国大学で英文学を講じたこともあるバーカー ([George] Granville Barker, 1913-91) は、やや若すぎるように思われる。

53) フリンダーズ・ペトリ ([Sir William Matthew] Flinders Petrie, 1853-1942) イギリスのエジプト学者・考古学者。エジプトのメンフィスの発掘を行った。

54) レイデイ・リトン　不詳。イギリスの女性参政権運動活動家・著述家・刑務所改革や産児制限の運動家コンスタンス・リトン (Lady [Constance Georgina Bulwer-] Lytton, 1869-1923) は、1931 年ごろには既に他界しており、享年 54 歳を考えると「老リトン」は不合理である。コンスタンスの母あるいは姉妹かもしれない。ちなみに、コンスタンス・リトンは、インド総督を務めヴィクトリア女王のインド皇帝宣言を書いた父親 (Edward Robert Bulwer Lytton, 1831-91) を持つ身分を隠して、「女性社会政治連合」(Women's Social and Political Union) に「ジェイン・ワートン」(Jane Warton) の偽名で入会し、その活動によってリヴァプールで 4 度投獄された。獄中ではハンストを行って、強制的に食べさせられ、また獄中で、女性投票権 (Votes for Women) の頭文字 'V' を自分の胸にヘアピンで刻んだりした。身分違いの結婚を母親が認めなかったため、生涯独身だった。

55) 『シーザーとクレオパトラ』(*Caesar and Cleopatra*, 1901) 1898 年 4 月 23 日～12 月 9 日に執筆され、『清教徒のための戯曲 3 篇』(*Three Plays for Puritans*) の 1 篇として出版された。初演は 1901 年 5 月 1 日、シカゴの Fine Arts Building。

56) ノートル・ダム聖書 (Nôtre Dame Bible) 不詳。中世の標準的聖書は、4 世紀にヒエロニムスによってなされたラテン語訳聖書で、「ウルガタ聖書」と称される。スコラ神学が興隆した 13 世紀には、パリの工房を中心にさまざまなサイズや豪華さのウルガタ聖書が制作された。パリのノートル・ダム寺院は 1257 年に完成しており、この寺院で使用された聖書のことであろうか。

57) 「悲嘆の道」(Via Dolorosa) イエスが十字架を負ってエルサレムのピラト官邸から処

刑の地カルヴァリ（＝ゴルゴタ）まで歩いた約500mの道程。街路は途中でZ字型に屈曲して西に延びている。沿道には14の由緒あるステイション（「留」「祈祷所」）がある。現在は、毎週金曜日午後3時から1時間ほど、フランチェスコ修道会士が実物大の大きな十字架を担いでこの道程を行進する行事が執り行われている。（『図説　聖地イェルサレム』、p.62.）

58) 降誕教会〔チャーチ・オブ・ザ・ナティヴィティ〕（the Church of the Nativity）ベツレヘムにあるバシリカ風建築の教会堂。327年にローマ皇帝コンスタンティヌス大帝によって、イエスの生地と考えられている場所に建設された。ユネスコの世界遺産に指定されている。

59) この銀細工師の名は、ポール・クーパー（Paul Cooper）。

60) ケルムスコット印刷所〔プレス〕（Kelmscott Press）モリスがオックスフォードシャー州のチューダー様式の自宅ケルムスコット邸（Kelmscott Manor, 1871-96）にちなんで付けた印刷・出版社。芸術的にすぐれた印刷と意匠を凝らした造本で知られる。

61) ダイソン・ペリンズ（[Charles William] Dyson Perrins, 1864-1958）イギリスの実業家・稀覯書蒐集家・慈善家。オックスフォード大学で学び、父ジェイムズの死後、リー・アンド・ペリンズ社の経営を引き継いだ。1927年ロイヤル・ウスター磁器工房の歴史的な磁器コレクションを市価以上で買い取り、1946年にはペリンズ・トラストを創設してコレクションの散逸を防いだ。生涯の大半をモールヴァンで過ごし、中世の彩色写本やバラッド本を精力的に蒐集したが、上述の工房の財政再建のために多くを競売に付した。コカレルより3歳年長。

62) リー・アンド・ペリンズ（Lea and Perrins）ジョン・リー（John Wheeley Lea）とウィリアム・ペリンズ（William Henry Perrins）はともにウスターの薬剤師で、1837年に両人の名前を冠したブランド名でウスター・ソースが商品化された。2005年にハインツ社に買収されたのちも、同じブランド名で販売されている。

63) ウスター・ソース（Worcester Sauce）日本で「ソース」と言えば、「ウスター・ソース」を思い浮かべるが、日本のウスター・ソースより、はるかに辛みと酸味が強い。明治屋がイギリスから輸入している本場の「リーペリン　ウスター・ソース」のラベルには、「原材料名：醸造酢、糖類（砂糖、糖みつ）、野菜・果実（タマリンド、たまねぎ、にんにく）、アンチョビー、食塩、香辛料、香料」と記載されている。タマリンド（tamarind[o]）はマメ科の常緑高木で、その実が酸味を持つ。アンチョビー（anchovy）はカタクチイワシ科の小魚で、ダシの味わいを生んでいる。

64) オスコット大学（Oscott College）から研究目的で修道院に貸し出されていた「オスコット詩篇」の鑑定が目的だったが、すでに大学に返却されており、訪問の所期の目的は果たせなかったものの、当時のヘイウッド院長やロレンシアと懇談し、コカレルとロレンシアは互いの学識を認め合った。*Cockerell*, pp.224-5.

65) 一概には言えないだろうが、ベネディクト会の〈修道士〉の場合、「平均的な起床時間」

は「午前2時といったところ」で、「8時間半の睡眠」から逆算すると、夕方6時には就寝となるらしい。(『修道院文化史事典』、p.71.) この段落では、さまざまな礼拝日課についてロレンシアが言及しているが、スタンブルック修道院のホーム・ページによれば、2013年現在の日課は次の通りである。①徹夜課（Vigils）6時、②賛課（Lauds）7時30分、③荘厳ミサ（Mass）9時（日曜は9時30分）、④聖務日課（Office）12時30分（日曜日は12時）、⑤晩課（Vespers）18時、⑥終課（Complines）20時15分。これらはいずれも一般公開されている。この他に、個々人が1時間お祈りをし、合わせて1日7回の祈祷が日課とされる。

66) ゴグとマゴグ（Gog and Magog）聖書に散見される名前で、新約聖書（『黙示録』20章8-10節）では、サタンに騙され、神に最後の戦いを挑む地上の部族を、旧約聖書（『エゼキエル書』38章2節）ではイスラエルを攻撃した王子ゴグとその国マゴグを表す。また、アングロ・サクソンの伝説では、ローマ皇帝の娘の後裔の2巨人の名前で、イギリスに侵攻して捕えられ、ロンドンに送られて労役に賦された。

67) アナトール・フランス（Anatole France, 1844-1924）フランスの小説家・批評家。『タイース』（Thaïs, 1890）、『神々は渇く』（Les Dieux ont soif, 1912）などで、1921年ノーベル文学賞受賞。

68) ミス・キングズフォード・ケイト（Miss [Florence] Kingsford Kate, 1872-1949）写本彩色師としてアシェンデン・プレスで勤務していたときに、コカレルと知り合う。1900～1910年に60点の作品を作り、もっとも有名なのは、ペトリ（前注52）がエジプトで発掘した遺物のデッサン画である。

69) 多発性硬化症（disseminated sclerosis）中枢性脱髄疾患の一つで、脳や脊髄、視神経などに原因不明の病変が起こり、多様な神経症状が年1回程度の再発と寛解を繰り返す疾患。日本では特定疾患に認定されている指定難病。罹患者は30歳前後の女性が多く、約8割が50歳までに発症する。運動機能が低下して車椅子生活となることも多い。disseminated（「散在性」）sclerosis の代わりに、現在では multiple sclerosis（MS）が一般に用いられている。

70) 金曜日のカツレツ　イエスが没した金曜日は精進日として肉ではなく魚を食べる習慣、いわゆる Fish Friday がカトリックにはあった。とくに復活祭直前の聖金曜日（Good Friday）には魚のパイ、四旬節（Lent）前日の懺悔火曜日（Shrove Tuesday）にはパンケーキ、翌日の聖灰水曜日（Ash Wednesday）にはピストゥー（pistou）・スープ（ニンニク、バジル、オリーブ油、チーズ、ピューレなどの入った野菜スープ）が定番料理とされる。

71) ギャスケ枢機卿（Cardinal [Francis Neil] Gasquet, 1846-1929）フランス系のイギリスの聖職者。ベネディクト会士となり、会士名はエイダン。サマセット州ダウンサイド修道院長（1878-85）、英国ベネディクト会総会長（1900-14）、1914年に枢機卿に着任し、

ヴァティカン公文書保管所長などを歴任し、ウルガタ聖書（Vulgate）改訂委員長を務めた。『ヘンリー8世とイングランド修道院』（1888-9）、『中世の修道生活』（1922）の著作がある。

72) 1932年2月10日。ショーは南アフリカでの運転免許取得テストを終えていた。
73) ナイズナ（Knysna）南アフリカのウェスタン・ケイプ州の町。1871年に開拓され、一年を通して温暖な気候のため、観光客や引退した高齢者の保養地として人気がある。コイコイ語で「シダ」を意味する言葉とされる。映画版では「ナイスナ」と清音で発音されている。
74) じっさいの著書では、女性宣教師の設定になっている。
75) パヴロフ（[Ivan Petrovich] Pavlov, 1849-1936）ロシアの生理学者。条件反射を研究し、1904年、ノーベル医学生理学賞受賞。
76) ベカナム（Beckenham）イングランド南東部ケント州の旧地区で住宅地区。現在はブロムリー（Bromley）の一部。
77) マーゲイト（Margate）イングランド南東部ケント州東部のサネット島（the Isle of Thanet）にある海岸保養地。
78) アルフレッド・テニスンの2歳下の妹エミリー（Emily Tennyson, 1811-89）は、1842年1月にリチャード・ジェスィ（Richard Jesse）と結婚している。
79) 1932年12月にロンドンのコンスタブル社（Constable and Company）から刊行された。
80) 原文はWhy should the devil have all the fun as well as all the good tunes?「悪人の方が善人よりも楽しい思いをする」「邪悪な楽しみがいちばん楽しい」という意味の諺"The devil has the best tunes."を踏まえた表現。
81) モールヴァン（Malvern）イングランド中西部ウスター南西郊外のモールヴァン丘陵（Malvern Hills）の東斜面にある地域で、鉱泉のある保養地。ミネラル・ウォーターのMalvern Waterで有名。毎年8月にここで演劇祭（Malvern Festival）が開かれる。
82) ハマスミス橋の近くにウィリアム・モリスの自宅があり、ハマスミス社会主義協会の会合でモリスやショーが講演を行った。
83) メアリー王妃（Queen Mary, 1867-1953）英国王ジョージ5世（George V）の妃。美術館来訪時は、コカレルと同い年の65歳であった。
84) ジェイムズ博士（Dr [Montague Rhodes] James, 1862-1936）英国の中世学者・聖書学者・作家。ケンブリッジ大学キングズ・カレッジ学寮長（1905）、フィッツウィリアム美術館館長（1894-1908）、ケンブリッジ大学副学長（1913-15）、イートン校学寮長（1918）などを歴任した。ケンブリッジ大学所蔵の原典類総目録を作成したほか、怪奇短篇小説——*Ghost Stories of Antiquary*（1904）,*Collected Ghost Stories*（1931）——も執筆した。
85) マデイラ（Madeira）アフリカ北西岸沖にある5島からなるポルトガル領群島の主島。

マデイラワインの産地。

86) テーベ（Thebes）古代エジプト中・新王国の首都。

87) 『単旋律聖歌入門』（*A Grammar of Plainsong*）トロント大学図書館所蔵の 1905 年 2 巻本のうち、第 1 巻が写植版リプリントで刊行されている。第 1 巻は実践編（Practical）で 11 章（78 頁）と付録および索引から成る。

88) サージェント（[John Singer] Sargent, 1856-1925）イタリア生まれで英国に住んだアメリカの肖像・風俗画家。

89) 『魔笛』（*Die Zauberflöte*）モーツァルト作曲の 2 幕のオペラ。1791 年ウィーンで初演。王子タミーノが魔法の笛を携えて、夜の女王の娘パミーナを救い出し、彼女と結ばれるまでの物語。

90) T. E. ロレンス（Thomas Edward Lawrence, 1888-1935）英国の軍人・考古学者・著述家。アラブ独立運動の指導者として"Lawrence of Arabia"と呼ばれる。『知恵の七柱』（*The Seven Pillars of Wisdom*, 1926）の書評をショーに依頼し、シャーロットが先に読んで感銘を受けたことから交友が始まった。1923 年 3 月にロレンスは Thomas Edward Shaw の名前で Royal Tanks Corps に入隊し、1927 年この名前に改名した。ガーネットが編纂した書簡選集には、シャーロット・ショー宛ての書簡は収録されていない。ショー夫妻とロレンスの書簡集は、2000 年に Castle Hill Press から限定 475 部の 4 巻本で刊行され、筆者は入手できた第 2 巻所収の 1927 年の書簡（シャーロットからロレンス宛ては 7 通）を拾い読みした。自分の家系や家族についての詳細な紹介や妊娠忌避の理由、政治犯ケイスメントへの傾倒など、誠実で一途な長文の手紙が多く、不倫を暗示する箇所は見当たらなかった。シャーロットの死後にロレンスからの 300 通を超える書簡が発見されており、ほぼ同数の手紙をシャーロットも送っていた可能性がある。「彼女は魂をロレンスに注ぎ込んでおり、私でさえ気づかなかった彼女の多面性があったことを理解した」旨、ショーは述懐している。

91) トマス・ハーディ（Thomas Hardy, 1840-1928）英国の小説家・詩人。『ダーバヴィル家のテス』（*Tess of the D'Urbervilles*, 1891）、『日蔭者ジュード』（*Jude the Obscure*, 1895）、叙事詩劇 3 部作『覇王たち』（*The Dynasts*, 1904-08）。クレア・トマリンの評伝によれば、84 歳のハーディを虜にした女性は、ドーセット出身で当時 27 歳のガートルード・ビューグラー（Gertrude Bugler）。ハーディ作品を上演する地元アマチュア劇団に所属し、24 歳で従兄と結婚、すぐに長女を出産していたから、1 児の人妻だった。『テス』で主人公を見事に演じた、この大きな瞳に黒髪の美女をハーディが気に入ったらしい。コカレルも昼・夜続けて彼女の公演を観劇し、J.M. バリもその演技を称賛している。Claire Tomalin, pp.352-354.

92) 「小説を事実のように奇なる…」「事実は小説よりも奇なり」の俗諺を下敷きにしている。この表現の出典を、引用句事典では、バイロン卿（Lord George Gordon Byron, 1788-1824）

の『ドン・ジュアン』(*Don Juan*, 1819-24) 14歌 101 連の言葉、"'Tis strange-but true; for truth is always strange; Stranger than fiction."を挙げている。[Angela Partington (ed.), *The Oxford Dictionary of Quotations* (Oxford & New York: Oxford University Press, 1996), p.171.]

93) ジョージ6世([Albert Frederick Arthur] George VI, 1895-1952) 英国王 (1936-52)。ジョージ5世の第2子でエドワード8世の弟。映画『英国王のスピーチ』(*The King's Speech*, 2010) では、言語療法士ライオネル・ログの指導を受けて吃音を克服し、戴冠式での宣誓演説を無事に行った模様が描かれている。

94) エドワード8世 (Edward VIII, 1894-1972) 1936年に英国王となったが、2度の離婚歴のあるアメリカ女性と結婚するために弟に王位を譲り、ウィンザー公となった。

95) アメリカ人女性 ウォリス・シンプソン (Wallis Simpson, 1896-1986) を指す。1916年 (20歳) の最初の結婚相手は海軍航空士官ウィンフィールド・スペンサー・ジュニア中尉で、アルコール依存症による暴力が原因で1927年に離婚。1928年 (32歳) に船舶仲介会社社長アーネスト・シンプソンと再婚。1931年にエドワード皇太子と出会い、1933年冬には愛人関係になった。彼女は夫の不貞を理由にした1936年10月の離婚訴訟で勝訴した。マドンナの監督第2作映画『ウォリスとエドワード 英国王冠をかけた恋』(*W.E.*, 2011) では、アンドレア・ライズボローがウォリス役を演じた。

96) ヘンリー・ラクスムア (Henry [Elford] Luxmoore, 1841-1926) 生涯独身を通し、1864〜1908年の44年間にわたってイートン校の教師を務めた。1895年には、バーン=ジョウンズのデザイン、モリスの製作になるタペストリー「東方の三博士の礼拝」('Adoration of the Magi') を学校のチャペルに寄贈している。1929年にケンブリッジ大学出版会から書簡集も刊行された。http://www.rootschat.com/forum/index.php?topic=640363.10

97) 弟 ヘンリーには3歳下のチャールズ (Charles Noble Luxmoore, 1844-1935) と7歳下のジョン (John Frederick Luxmoore, 1848-82) がいたが、弟が先に逝っていることから、ジョンを指すものと考えられる。34歳の早世であった。

98) ラング (Cosmo Gordon Lang, 1864-1945) 英国の聖職者でカンタベリー大主教 (1928-42)。

99) 聖アウグスティヌス (St Augustine, 354-430) 初期キリスト教会最大の指導者・神学者・哲学者。北アフリカ (現在のアルジェリア) のヒッポ・レギウム (Hippo Regius) の司教 (396-430)。*The City of God, Confessions* の著者。

100) 聖トマス・アクィナス (St Thomas Aquinas, 1225?-74) イタリアのカトリック教会の神学者で13世紀最大のスコラ哲学者。『神学大全』(*Summa Theologiae*, 1265-73)。

101) 映画『ピグマリオン』(*Pygmalion film*) 英語版のイギリス映画は1938年にアンソニー・アスキス (Anthony Asquith) とレズリー・ハワード (Leslie Howard) によって製作された。1935年にErich Engel監督のドイツ語版、1937年にDr. Ludwig Berger監

督のオランダ語版も制作されている。

102) 1ポンド（=240ペンス）につき19シリング6ペンス（=234ペンス）課税されることから、税率は97.5%。したがって420ポンド（=10万800ペンス）稼いでも、手元にはその2.5%の2,520ペンス（=10ポンド10シリング=11ギニー）しか残らない。ショーの計算は正確である。

103) スィーグフリード・サスーン（Siegfried Sassoon, 1886-1967）英国の詩人・著述家。*War Poems*（1919）, *Counterattack*（1918）, *Satirical Poems*（1926）, *The Memoirs of George Sherston*（1928-36）, *Memoirs of an Infantry Officer*（1930）。コカレルとの友人関係は47年間に及んだが、コカレルの他者に対する事務的で計算高い接し方に馴染めないと同時に、貧窮する作家や芸術家たちを1920年代に積極的に支援した彼の二面性に、「謎の人物シドニー卿」（Sir Sydney Conundrum）という印象を抱いていた。Jean Moorcroft Wilson, *Siegfried Sassoon: The Journey from the Trenches, A Biography 1918-1967*（London: Routledge, 2003）, p.17.

104) ヘイテスベリ（Heytesbury）イングランド南部ウィルトシャー（Wiltshire）の村。サスーンは1933年にこの地に屋敷を購入して住んだ。第2次世界大戦が始まってまもなくして、陸軍省から屋敷と土地を徴用する可能性の連絡を受けて愕然としたが、実施されなかった。

105) グロスターシャー（Gloucestershire）イングランド南西部の州。

106) メイ（[Mary] "May" Morris, 1862-1938）アーツ・アンド・クラフト様式を担った、優れたデザイナー・刺繍家で、父モリスの著作を24巻の全集にまとめた。

107) ジェニー（[Jane] "Jenny" [Alice] Morris, 1861-1935）1876年夏に癲癇を発症し、介護してくれた母ジェイニーの死後は、南イングランドの私立施設を転々とし、父モリスと同じく糖尿病で亡くなった。

108) スパーリング（[Henry Halliday] Sparling, 1860-1934）エセックスの農夫の息子で、ロンドンに上京後、社会主義同盟の書記として機関誌制作に携わり、モリスの個人秘書やケルムスコット・プレスの有給秘書として勤務した。

109) 2人の結婚は1890年6月14日、スパーリング30歳、メイ28歳のときだった。1894年にはメイとショーの過去が明らかになって関係が破綻し、1898年には離婚に至っている。

110) スタンリー・ボールドウィン（Stanley Baldwin, 1867-1947）英国保守党の政治家。首相を3期（1923-24, 1924-29, 1935-37）務めた。

111) バーン＝ジョウンズ（[Sir Edward Coley] Burne-Jones, 1833-98）英国の画家で、ラファエル前派の一人。ステンドグラスやタペストリーの意匠家。年齢差は34歳あるが、コカレルの従兄にあたる。

112) タゴール（[Sir Rabindranath] Tagore, 1861-1941）インドのベンガル語による詩人。

ノーベル文学賞（1913）受賞。326編の短詩を収めた『迷い鳥』の20番目の詩が引用文であるが、タゴールの原文は一人称単数形の'I,''me'を用いている。『迷い鳥』、pp.14-15.

113) イースト・ベルゴット（East Bergholt）サフォック州南端、エセックス州境近くの村。風景画家ジョン・コンスタブル（John Constable, 1776-1837）の生地で、この土地を描いた絵画でも知られる。4tを超えるイングランド最大の鐘を擁する聖マリア教会があり、16世紀にはプロテスタント急進主義者が殉教した。

114) パディントン駅（Paddington [Station]）ロンドンの主要駅の一つ。多数存立していた民間鉄道会社は、1921年鉄道法によって1923年から4大鉄道会社（「ビッグ・フォー」）に集約された。ロレンシアのスタンブルック修道院の最寄り駅と思われるグレイト・ウェスタン鉄道（GWR: Great Western Railway）のウスター駅からは約90マイル（144km）南西の終着駅にあたる。現在は、地下鉄Circle, Metropolitan, District, Bakerloo各線と接続し、西部方面への始発駅でOxford, Hereford, Gloucester, Cardiff, Bristol, Exeter, PlymouthなどへInter-City網で結ばれている。日本の新宿駅をイメージしてよいだろう。

115) リヴァプール・ストリート駅（Liverpool Street [Station]）ロンドンの主要駅の一つ。1923年当時は、「ビッグ・フォー」の一つ、ロンドン・アンド・ノース・イースタン鉄道（LNER: London and North Eastern Railway）に属するグレイト・イースタン鉄道の始発駅であったことが、1923年の鉄道路線図から分かる。現在、地下鉄Circle, Metropolitan, Central各線と接続し、Cambridge, King's Lynn, Norwich方面、Harwich経由で大陸方面へ運行している。日本の上野駅をイメージしてよいだろう。

116) 『リンディスファーン福音書』（The Lindisfarne Gospels）7世紀末にイングランド北東部のホウリー島（Holy Island）、別名リンディスファーン島で作られた、金銀で彩色された中世のラテン語福音書写本。行間に、10世紀のノーサンブリア方言の古英語による語釈がある。『ケルズの書』、『ダロウの書』と並ぶ、ケルト系3大装飾写本の一つ。

117) 『ランベス聖書』（Lambeth Bible）1150～70年ごろに製作された彩色写本で、現存する英国ロマネスク様式の最高の大型写本の一つ。2巻本で、創世記からヨブ記まで第1巻はランベス・パレス図書館に、詩篇からヨハネ黙示録までの不完全な第2巻がメイドストウン美術館に所蔵されている。

118) 『90歳のGBS』（"GBS 90"）Winstein, S. (ed), *GBS 90: Aspects of George Bernard Shaw's Life and Work* (London: Hutchinson, 1946), 200 pp.

119) メトセラ（Methuselah）ノアの時代以前のユダヤの族長で、969歳まで生きたといわれる典型的な長命者。『創世記』5章21-27節。ショーには『メトセラへ還れ』（*Back to Methuselah*, 1921; 初演1922）という壮大な戯曲がある。

120) シティ・テンプル教会（the City Temple）ロンドンのホーボン・ヴァイアダクト（Holborn Viaduct）通りに1874年に建設された非国教徒派の教会で、20世紀の自由主義神学者レズリー・ウェザーヘッド（Leslie Dixon Weatherhead, 1893-1976）が説教をし

たことで知られる。第2次世界大戦の爆撃で破壊されたが、1958年に再建された。

121) サザビー (Sotheby's) ロンドンの美術骨董品オークションの会社。1744年に書籍商サミュエル・ベイカー (Samuel Baker) が創業し、後継者の甥ション・サザビー (John Sotheby, 1740-1807) に社名は由来する。

122) ボエチウス ([Anicius Manlius Severinus] Boethius, 480?-524) ローマの哲学者・政治家で、叛逆罪で投獄され、獄中で書かれた *De Consolatione Philosophiae* は、その一部がアルフレッド大王 (Alfred the Great) によって訳された。英訳題 *The Consolation of Philosophy*。

123) 『対話篇6篇』(the Six Dialogues)『ソクラテスの弁明』(*Apology*)、『クリトーン』(*Crito*)、『パイドン』(*Phaedo*)、『パイドロス』(*Phaedrus*)、『饗宴』(*Symposium*)、『国家』(*The Republic*) の6篇。

124) ジーン・タニー (Gene Tunney, 1897-1978) 本名、James Joseph Tunney。1926～28年の世界ヘビー級チャンピオン。1926年にジャック・デンプシー (Jack Dempsey) を倒して王座に就き、1927年にシカゴで行われた再戦で、第7ラウンドでデムプシーはタニーをダウンさせたが、ニュートラル・コーナーにすぐに戻らなかったため、カウントが遅れ、立ち上がったタニーに第10ラウンドで倒された。翌年、77戦65勝の戦績で引退した。アーサー・ミラーの『セールスマンの死』の第1幕で、ウィリーは息子たちに、タニーがサインしたサンド・バッグを持っていることを自慢し、トム・マーフィの『暗闇の笛』第1幕では、タニーがメイヨー州出身の移民の息子であったことが触れられている。

125) 裕福な女性 (a rich woman) メアリー・ポリー・ローダー (Mary "Polly" Lauder, 1907-2008) コネティカットの名士で慈善家。アンドルー・カーネギー (Andrew Carnegie, 1835-1919) の遺産相続人で、1928年にジーン・タニーと結婚。芸術のパトロンとしてメトロポリタン・オペラ・ギルドの理事 (1951-70)、副理事長 (1956-59) を歴任した。

126) アドリア海 (the Adriatic) 地中海北部、イタリア半島とバルカン半島にはさまれた海。

127) モートレイク火葬場 (Mortlake Crematorium) ロンドン西部 Richmond-upon-Thames 自治区の郊外住宅地。オックス・ブリッジ対抗ボートレースの決勝点でもある。

128) ギルバートとオサリヴァンの一節 (*a phrase of Gilbert and Sullivan*) 喜歌劇『英国軍艦ピナフォー、又の名は、水夫を愛した娘』(*H. M. S. Pinafore, or The Lass That Loved a Sailor*, 1878) 第1幕において、海軍大臣ジョウゼフ・ポーター卿 (Sir Joseph Porter) が歌う唄で、4行目はその従妹ヒービ (Hebe) や親戚たちのコーラスとなる。「ジョージ・グロスミスが歌う「今こそ私は女王の海軍の統治者だ」という歌がたちまち評判になり、『ピナフォア』の中でもいちばん人気のある曲になった」という (庄野潤三『サヴォイ・オペラ』、p.153.)。

訳　註　*91*

129)　スタフォード・クリップス卿（Sir [Richard] Stafford Cripps, 1889-1952）イギリスの労働党の政治家・弁護士（賠償法の権威）・社会主義者。第1次世界大戦中は良心的徴兵忌避を支持し、第2次世界大戦後、蔵相（1947-50）を務め、緊縮経済政策を導入して成功した。

130)　ヴェルディ（[Giuseppe Fortunino Francesco] Verdi, 1813-1901）イタリアの歌劇作曲家。『リゴレット』（1851）、『椿姫』（1853）、『アイーダ』（1871）。

131)　『レクイエム』（*Requiem*）ヴェルディの最大の宗教作品にして、レクイエム史上の傑作。当初、ロッシーニ（Gioacchino Rossini, 1791-1868）を追悼する目的で作られたがお蔵入りとなり、1873年5月、文学者アレッサンドロ・マンゾーニ（Alessandro Manzoni, 1785-1873）の訃報に接して、一周忌の1874年5月22日に、ミラノの聖マルコ教会でヴェルディ自身の指揮で初演された。次の7曲構成——①「レクイエムとキリエ」、②「ディエス・イレ」（怒りの日）、③「オッフェルトリウム」（主イエスよ）、④「サンクトゥス」（聖なるかな）、⑤「アニュス・デイ」（神の子羊）、⑥「ルクス・エテルナ」（永遠の光を）、⑦「リベラ・メ」（我を救いたまえ）——で、⑦は全曲のエッセンスを集約したダイナミックな終曲で、再び②の最後の審判の情景が描かれる。

132)　ゴウルダーズ・グリーン（Golders Green）ロンドン北部の地区で、ユダヤ人街がある。

133)　エルガー（[Sir Edward William] Elgar, 1857-1934）イギリスの作曲家。行進曲『威風堂々』（1902）。ウスターシャー州ブロードヒースに生まれ、同州ウスターで没した。

134)　『謎の変奏曲』（Enigma Variations）エルガーの1899年7月初演作品。正式名称は「オーケストラのための独創主題による変奏曲」。2部形式による主題に14の変奏が続く。変奏の譜面には謎めいた頭文字や愛称が施され、それらが意味する人物はほぼすべて特定されている（*印3個が付された第13変奏のみ未解明）。主題以外の別の主題(エロティックなもの）も使われているというエルガーの発言が、謎として残っている。筆者の個人的意見としては、第1と第2変奏が葬儀にふさわしい、しめやかな曲調である。

135)　レイディ・アスター（Lady Astor）ナンシー・アスター（Nancy Witcher Astor, 1879-1964）を指す。米国生まれで英国下院の最初の女性議員（1919-45）。夫は 2nd Viscount Astor（1879-1952）。

136)　『天路歴程』（*The Pilgrim's Progress*, 1678）ジョン・バニヤン（John Bunyan, 1628-88）の宗教寓意物語。ショーの若いころからの愛読書の一つである。

137)　竹友藻風訳『天路歴程　第二部』（岩波文庫、1953/91年）では、「またすべての喇叭は彼のために彼岸に鳴りひびいた。」(p.280.)

138)　万霊節（All Souls' Day）万聖節（All Saints' Day）の翌日の11月2日は、煉獄にいるすべての逝去信徒を記念する日。

139)　『旧約聖書』の『イザヤ書』43章2節の前半2行。『新共同訳聖書』では、「水の中を

通るときも、わたしはあなたと共にいる。大河の中を通っても、あなたは押し流されない」。英語の原文から判断すると、ドゥーエイ聖書版（Douay Bible Version）と思われるため、文語訳をあてた。ラテン語訳聖書のウルガタ聖書（Vulgate）から、フランスのドゥーエイにおいて 1610 年に旧約が英訳刊行されたものがドゥーエイ聖書である。ロレンシアは、このラテン語・英語対訳版を参照していたのかもしれない。

140) キュー国立植物園(ガーデン)（Kew Gardens）ロンドンの西郊外のキューにある植物園。1759年創立。公式名称は The Royal Botanic Gardens。

141) バンガロール（Bangalore）インド南東部カルナータカ（Karnataka）州の州都。印刷・繊維・製薬の中心地。

142) ワトフォード（Watford）イングランドのハートフォードシャー（Hertfordshire）南西部の町。

143) フレイア・スターク（[Dame] Freya [Madeline] Stark, 1893-1993）英国の旅行作家。*The Southern Gates of Arabia*（1936），*A Winter in Arabia*（1940），*The Journey's Echo*（1963）。邦訳に『暗殺教団の谷——女ひとりイスラム辺境を行く』(アサシン)（社会思想社、1982 年）がある。1934 年 1 月 22 日に彼女は、コカレルが爵位を得たことに祝意を表す手紙を送っている。コカレルは、彼女の才能を高く評価し、自伝を書くように勧めた。コカレルを見舞いに来たとき、スタークも 68 歳の高齢であった。

144) クリストファー（[Sir] Christopher [Sydney Cockerell], 1910-99）ケンブリッジ大学で工学を学び、1953 年からホヴァークラフトの発明に取り組み、1959 年、軍需産業の支援を受けて実用化に成功した。父親とはまったく違う分野で異才を発揮したことになる。彼もまた長命であった。

145) 高齢の著名人を初対面の者が訪ねるのは、コカレル自身が行ったトルストイ訪問の冒頭の回想場面を想起させるが、文豪との文学談義に花が咲いた彼自身の実り多い体験とは異なり、両者にとって収穫の乏しい無意味な面会に終わっている。

146) 亡霊と会見しているみたい（like interviewing a ghost）ラスキンを最後に見舞ったコカレルの、1899 年 11 月 7 日の日記に見える表現。

147) コカレルはいつも同じタイプの緑色の薄いノートに非常に小さい（infinitesimal）文字で整然と記入した。

訳者あとがき

　本書は、Hugh Whitemore, *The Best of Friends* (London: Amber Lane Press, 1988) の全訳です。勤務校の2013年度前期担当科目「イギリス文化特講」のために作成した拙訳が下敷きになっており、版権取得に思いのほか日時を要しましたが、大学教育出版の佐藤守さんや安田愛さんの迅速で懇切なお力添えのお陰で、こうして日の目を見たことに深謝いたします。

　以下に、訳者あとがきとして、劇作家の略歴、この戯曲の上演記録、梗概、登場人物の簡単な紹介と相関年譜、見どころなどを、蛇足ながら付記します。なお、このあとがきと訳註は、勤務先の紀要（『九州産業大学国際文化学部紀要』第55号、2013年9月）に掲載された拙稿「ヒュー・ホワイトモアの舞台劇『最良の友人たち』註解」に一部、加筆修正したものです。

（I）ヒュー・ホワイトモアの略歴

　まず、著者の簡単な紹介から始めます。イギリスの劇作家・脚本家ヒュー・ホワイトモア（Hugh Whitemore, 1936–）は、ロンドンの王立演劇学校（RADA: Royal Academy of Dramatic Art）で学んだのち、古典作品（ディケンズ、モーム、デュ・モーリア、シャーロット・ブロンテなど）のテレビ・ドラマ脚本を手がけ、主として歴史上の人物や事件に題材をとった戯曲や映画脚本、テレビ・ドラマをこれまでに20編以上、発表しています。日本では映画『チャリング・クロス街84番地』や『暗号解読』が有名ですが、邦訳紹介はほとんど手つかずで、刊行された訳書は戯曲『肉体の清算』のみのようです。本書『最良の友人たち』は、往復書簡で構成される『チャリング・クロス街84番地』の直後に発表されており、同様な形式と主題をさらに発展させた作品であると評することができるでしょう。

　現在、ホワイトモアは、母校RADAの評議員ならびに王立文学協会（Royal Society of Literature）の理事(フェロウ)を務めており、執筆活動は70歳代後半のいま

もなお衰えていません。これまでの主な著作リストは以下の通りです。

	原題	邦題	初演・初放映・刊行年	種別	内容
①	All Creatures Great and Small	『すべて生きとし生けるもの』	1974	映	ジェイムズ・ヘリオット（James Herriot）のユーモア作品（1972）
②	The Blue Bird	『青い鳥』	1976	映	メーテルランクの代表作
③	Stevie	『スティーヴィ』	1977.3	戯	英国女性詩人 Stevie Smith＊（1902-71）の生涯（＊本名 Florence Margaret Smith）
④	I Remember Nelson	『ネルソンを忘れない』	1981	テ	ネルソン海軍総督の歴史ドラマ。4回シリーズで放映。
⑤	The Return of the Soldier	『戦場の罠』	1982	映	レベッカ・ウェスト（Rebecca West, 1892-1983）の処女小説『兵士の帰還』（1918）
⑥	Pack of Lies	『嘘八百』	1983.10.11	戯	1961年の米国人スパイ2人をめぐる戯曲
⑦	Concealed Enemies	『隠れた敵』	1984	テ	共産主義スパイ容疑で投獄（1950-54）された米国の官僚アルジャー・ヒス（Alger Hiss, 1904-96）の冤罪事件を扱う
⑧	Breaking the Code	『暗号解読』	1986	戯	ナチスの暗号を解読し、「掟破り」の同性愛者でもあったアラン・チューリングの生涯。
⑨	84 Charing Cross Road	『チャリング・クロス街84番地』	1987	映	ニューヨーク在住のヘリーンとロンドン古書店主フランクの20年に及ぶ文通の交流。
⑩	The Best of Friends	『最良の友人たち』	1988	戯	拙稿で論じる、ショー、コカレル、ロレンシアの書簡形式の2幕劇
⑪	It's Ralph	『ラルフだ』	1991.10.8	戯	幸福な家庭生活を営むアンドルー・ゲイル宅にラルフが登場して騒動を引き起こす。
⑫	Utz	『マイセン幻影』	1992	映	マイセン人形蒐集家のカスパー・ウッツ男爵を扱うブルース・チャトウィン原作の中編小説を英独伊合作で映画化。
⑬	A Letter of Resignation	『辞表』	1997.9.9	戯	ソ連外交官に通じたモデル嬢との醜聞で辞任した陸軍大臣プロヒューモとマクミラン英国首相の苦悩を描く。
⑭	Disposing of the Body	『肉体の清算』	1999.7.13	戯	ヘンリーの妻アンジェラの失踪をめぐる推理劇。「遺体処理」の含意がある。

⑮	God Only Knows	『神のみぞ知る』	2000.8.31	戯	イタリアの別荘で休暇中の英国人のもとに、ヴァティカンの機密を握る亡命者やイタリア人骨董商、ユダヤ人宣教師が現れる。
⑯	The Gathering Storm	『迫りくる嵐——チャーチル復権への道』(ギャザリング・ストーム)	2002	テ	第2次世界大戦直前の、チャーチル英国首相と妻クレメンタインの苦難の結婚生活を描く。
⑰	My House in Umbria	『美しきイタリア、私の家』	2003	映	William Trevor (1928-) の中編小説
⑱	As You Desire Me	『本当の私を捜して』	2005	戯	ピランデッロの戯曲『未知の女』の翻案。第1次大戦の後遺症で記憶喪失した歌手エルマは、イタリア貴族の妻との噂に訪伊。
⑲	The Last Cigarette	『最後の一服』	2008	戯	Simon Gray (1936-) の『喫煙日記』(The Smoking Diaries) の翻案
⑳	Into the Storm	『嵐のなかへ』	2009	テ	⑯の続編。監督サデウス・オサリヴァン、主演ブレンダン・グリーソン
㉑	A Marvellous Year for Plums	『プラムの素晴らしい年』	2012.5.11	戯	1956年のスエズ危機に直面したイーデン首相と、その友人や同僚、敵対者を描く。

映＝映画脚本、戯＝戯曲、テ＝テレビ・ドラマ脚本
○この他、ペアでの共作脚本 *The Rector's Wife* (1994), *Daphne Laureola*、3人の合作脚本 *Final Days* (1989)、4人の合作脚本 *Jane Eyre* などがあるようです。

(Ⅱ) 『最良の友人たち』の上演記録

次に『最良の友人たち』の上演記録（テレビ・ドラマ版を含む）を確認しておきます。この作品は1988年（あるいは1987年）の初演以後、わずかに数度の再演がなされているにすぎないようです。書簡体戯曲の制約からセリフが比較的長大で、人物の動きも少ないこと、洗練された知的な話題が扱われていること、配役がかなりの高齢者を要することなどが、これまでの上演機会の少なさに影響しているものと推測されます。確認できる舞台上演記録と映像化は以下の通りです。

訳者はテレビ・ドラマを市販DVDで観たことがあるだけですが、この上演記録から分かるように、舞台版初演でショーを演じたレイ・マカナリーが1989年に亡くなったため、テレビ・ドラマでは当時63歳のパトリック・マグーハンがその代役を務め、ロウズメアリー・ハリスに代わって、当時79歳

	上演年	上演劇場等	キャスト（ショー、コカレル、ロレンシアの順）
①	1987＊	Hampstead Theatre, London	Ray McAnally (1926-89), Sir John Gielgud (1904-2000), Rosemary Harris (1927-)
②	1988.2.10	Apollo Theatre, London	Ray McAnally, Sir John Gielgud, Rosemary Harris
③	1991	テレビ・ドラマ版	Patrick McGoohan (1928-2009), Sir John Gielgud, Dame Wendy Hiller (1912-2003)
④	1993	Westside Theater, New York 演出：William Partlan	Roy Dotrice (1923-), Michael Allinson (1920-2010), Diana Douglas (1923-)
⑤	2006	Hampstead Theatre, London	Roy Dotrice, Michael Pennington (1943-), Patricia Routledge (1929-)

＊Wikipedia情報による。テキストの序文によれば、台本は未完成だったはずだから、試演の可能性がある。

のウェンディ・ヒラー（映画『ピグマリオン』や『バーバラ少佐』で主役のイライザやバーバラを演じたことで有名）がロレンシア役を、そして当時87歳のジョン・ギールグッド卿だけが舞台版同様にコカレルを演じています。なお、テレビ・ドラマに出演した俳優3人はいずれも鬼籍に入っています。

（Ⅲ）『最良の友人たち』の梗概と登場人物の紹介（および相関年譜）

ここではまず、この戯曲の梗概を以下に簡単にまとめておきます。

第1幕 94歳で亡くなる前年のコカレルの回想——文豪トルストイとの面会——から始まる。文通によって多くの著名人と親交を結んだコカレルは、バーナード・ショーを修道女ロレンシアに引き合わせた人物でもあった。『聖ジョウン』へのロレンシアの称賛、ショーのノーベル文学賞受賞の逸話と彼のセックス観などが語られた後、特定の宗教を絶対的に信仰できないと吐露するコカレルとそれを寛大に受け止めるロレンシアのやりとりが続く。ショーもまた、聖地エルサレム詣での屈折した風刺的な印象記をロレンシアに書き送り、彼女は穏やかな礼状を返す。ショーはこの旅でベツレヘムの路傍で拾った小石2個を持ち帰り、1個に銀細工を施してロレンシアにプレゼントし、彼女はいたく感謝する。次に、コカレルとロレンシアが初めて出会った経緯が紹介され、ショーの問いに答えて、修道院での規則正しい日常生活の様子や修道女

を志したきっかけをロレンシアが語る。修道院に蟄居する不自由を憂ふコカレルに、自由の解釈は人によって異なり、修道生活は至福であると、ロレンシアは反論する。コカレルの結婚、ロレンシアの修道院長就任の慶事に続いて、ショーの問題作『神を探す黒人娘の冒険』の出版をめぐって、ショーとロレンシアの友情に深い亀裂が入り、2人は絶交状態となる。久々に彼女から届いた手紙のカードを、ショーは逝去・追悼のカードと速断し、修道院宛てに哀悼と謝罪の手紙を送る。

　第2幕　ショーとの出会いをコカレルが回想した後、奉職50周年祝賀カードを死亡通知とショーが勘違いしていたことが判明し、ショーは不明を大いに恥じる。コカレルが王女を美術館で案内した自慢話や、ショーのタンゴ趣味、グレゴリア聖歌へのロレンシアの深い造詣、ショー夫人の不倫の噂、病身の妻に隠れてのコカレルの衝動的行為、ジョージ6世戴冠式へのショーの世論批判などを経て、来世や神のイメージに関する宗教論争が、コカレルとロレンシアの間で再燃する。第2次世界大戦を迎えると、巨額の戦争税で困窮するショー、貴重書や病妻を田舎へ疎開させるコカレル、戦禍を憂ふロレンシアの言葉が語られる。ショー夫人の逝去、モリスの最期とその娘たちへの追慕に続いて、ロレンシアのロンドン訪問の準備と当日の歓待の模様が、コカレルとロレンシアによって熱っぽく語られる。90歳を迎えたショーは、ボクシングの元チャンピオンが経験した奇跡的な巡り合わせに神意を感じると書き送る。コカレルは、病身の妻の逝去、さらにはショーの逝去と葬儀の模様を語り、亡きショーの信仰に根づいた進化論の一端が披瀝される。ロレンシアの逝去をコカレルが悲しみ、彼の蔵書の展示を要望する電話依頼を断る。人々との偶然の出会いを大切にすることの必要性をコカレルは説き、幼かった子どもたちから来世や神について受けた問いの答えを知る時期が迫っていることを悟りつつ、最期の訪れを待つ。

　次に、登場人物3人の略歴を挙げておきます。

バーナード・ショー（George Bernard Shaw, 1856-1950）

アイルランドのダブリンに生まれ、小説家を志してロンドンに出たが成功せず、音楽批評や劇評執筆で糊口を凌ぐ。社会主義に関心を抱き、1884年にフェイビアン協会に入る。イプセン、ワーグナー、ニーチェらの影響を受け、喜劇『男やもめの家』（1892）によってようやく演劇界に登場してからは、『キャンディダ』（1895）、『人と超人』（1905）、『シーザーとクレオパトラ』（1906）、『メトセラへ還れ』（1921）、『聖ジョウン』（1923）など、思想性と機知に富む多数の劇作品を発表した。1925年にノーベル文学賞を受賞。『イプセン主義神髄』（1891）や『知識階級女性のための社会主義および資本主義入門』（1928）などの著書もある。

この戯曲では、ロレンシアと出会った1924年（68歳）ごろから登場し、それまでのショーの人生については、ほとんど触れられていません。

シドニー・コカレル（Sir Sydney Carlyle Cockerell, 1867-1962）

6人きょうだいの一人としてブライトンに生まれ、父シドニー・ジョン・コカレル（Sydney John Cockerell, 1842-77）が早世したため、聖パウロ高校卒業後、家業の石炭商の事務員を経て、1886年にウィリアム・モリス、1987年にジョン・ラスキンらとの交友関係を積極的に築いていき、知的グループの仲間入りを果たす。父の友人だった女性慈善事業家オクタヴィア・ヒル（Octavia Hill, 1838-1912）とラスキンの不和の仲裁役も務め、蒐集品の貝殻をラスキンに贈ったりもしている。1891年には古代建築保護協会のために活動を始め、モリスの個人秘書（1892-96年）とケルムスコット・プレスの秘書（1894-98年）、また詩人・旅行家ブラント（Wilfred Scawen Blunt, 1840-1922）の臨時秘書（1898-1900年）も務めた。中世写本に関する論文数編を1904年以降発表し、生来の蒐集・整理癖と多彩な人脈にも支えられて、1908～1937年にかけてケンブリッジ大学フィッツウィリアム美術館の館長職に就き、蒐集品の充実（ティツィアーノの『タルクィニウスとルクレチア』、ピカソの版画、ブレイクの作品など）と美術館増設のために、イギリス初の「友の会」計画を実施して寄付を募り、美術館の日曜開館も導入した。寄贈や寄付を執拗に要請した

ため、美術館は25万ポンドの利益を上げたが、自分は1ダースほどの敵を作った、と述懐している。
　この戯曲の進行ナレーター役を務めるコカレルは、ある程度、両親や妻ケイト、子どもたちなど自分の家族についての機微に触れ、さらにまた、広範な知人・友人とのエピソードについてもこの戯曲で詳しく言及しています。

ロレンシア・マクラフラン（Dame Laurentia McLachlan, 1866-1953）

　スコットランド南西部の旧ラナークシャー（Lanarkshire）、グラスゴウの東にあるコウトブリッジ（Coatbridge）に、会計士の父ヘンリーと妻メアリーの7人の子どもの末っ子マーガレット（Margaret）として生まれる。1884年にウスター近郊のスタンブルック修道院に入り、1931年に院長に就任する。就任と同時に、修道女たちの修道生活を規定するさまざまな規則の近代化に取り組んだ。イングランドにおけるグレゴリア聖歌復興の開拓者で、音楽や中世写本に造詣が非常に深く、1934年にはローマ法王ピウス11世から教会音楽振興への貢献の顕彰としてベネメレンティ功労勲章（Benemerenti medal）を授与された。87年の生涯の実に70年を修道院生活に捧げた。
　入信の経緯、修道生活の実情、自身の信仰について、ロレンシアは敬虔な聖職者としての貴重な生の声を聞かせてくれています。

○登場人物等の相関年譜

ショー	コカレル	ロレンシア	その他
			1828年8月28日 レフ・トルストイ出生 1839年ウィーダ出生
1856年7月26日 ダブリンで出生			
		1866年1月11日出生	
	1867年7月16日出生 1877年父シドニー死去		
		1884年9月16日(18歳) スタンブルック修道女となる	
	1886年（19歳）ショーのハマスミス講演を聴講 1889年（22歳）ショーとの交友が始まる		1890年メイ・モリス結婚 1896年ウィリアム・モリス死去
1898年(42歳)シャーロッ			

ト（41歳）と結婚	1900年（33歳）ケイトと婚約		1900年ラスキン死去
	1903年7月13日（ほぼ36歳）トルストイをロシアに訪問		
1906年エイヨット・セイント・ロレンス村に移住	1907年1月5日（39歳）ロレンシアと出会う	1907年1月5日（40歳）コカレルと出会う	
	1907年11月4日（40歳）35歳のケイトと結婚		
	1908年5月30日（41歳）フィッツウィリアム美術館長就任；9月24日長女マーガレット誕生		1908年1月25日ウィーダ死去（69歳）
	1910年6月4日長男クリストファー誕生		
	1916年（49歳）妻ケイト、硬化症を発症		
1923年『聖ジョウン』出版	1923年6月11日（56歳）ロレンシア接待	1923年6月11日（57歳）ロンドン上京	
1924年4月24日（68歳）ロレンシアを初訪問	1923～24年ごろ女性訪問者に衝動的接吻	1924年4月24日（58歳）ショー夫妻が来訪	
1925年（69歳）ノーベル文学賞受賞		10月『聖ジョウン』署名献本をショーから受け取る	
1930年『リンゴ運搬車』出版		1931年（65歳）修道院長に就任	
1932年12月（76歳）『神を探す黒人娘の冒険』出版、ロレンシアとの関係途絶	1932年7月メアリー王妃（65歳）、美術館来訪		
1934年10月3日（78歳）お悔み状を修道院へ誤送	1934年 勲爵位を叙勲	1934年9月6日（68歳）奉職50周年式典	
1938年映画版『ピグマリオン』	1937年（70歳）美術館長退任		1936年12月11日エドワード8世退位宣言
1943年妻シャーロット死去			1937年5月12日ジョージ6世戴冠式
1950年11月2日逝去（94歳3か月）	1949年（82歳）妻ケイト死去	1953年8月23日逝去（87歳11か月）	
	1962年5月1日逝去（94歳10か月）		

〇ゴチックは、テキストに言及のある出来事

(Ⅳ) 作品の見どころ

（1） 3人の交友関係

①ショーとコカレル

　第2幕冒頭でのコカレルの回想によれば、1886年にハマスミスでのショーの講演をコカレルが聴講したのが、彼の側からのショーとの最初の出会いです。このときは、当時19歳のコカレルが30歳の社会思想家ショーの講演を聞いただけで、実際の交友関係は3年後に始まりますが、ショーが亡くなるまで実に61年間に及び、まさしく一生の友人関係となりました。ショーの4巻本の書簡集に収められたショーからコカレル宛ての手紙は15通で、さほど多くはありませんが、1891年と1894年にイタリアへの団体旅行でショーと同行したことが第1幕で述べられています。

　2人にはいくつかの点で共通点が見いだせます。童貞時代が長かったことと、それに伴う晩婚です。ともに女性との初体験は28歳ごろで、40歳をすぎてようやく初婚という、奥手の部類に入る〈ヴィタ・セクスアリス〉を2人は経験しています。また、結婚生活において伴侶の疾病に苦悩したことも似ています。ショーの妻シャーロットは変形性骨症を、コカレルの妻ケイトは多発性硬化症という難病に苦しめられました。ともに妻より長生きすることで、伴侶の最期を看取ることができているのがなによりです。

②ショーとロレンシア

　無神論的傾向の強いショーと敬虔な修道女ロレンシアは、宗教的な立場はほとんど対極的な存在と言ってよいでしょう。事実、『神を探す黒人娘の冒険』の出版をめぐって、両者の対立や亀裂は深まり、ショーの滑稽な早合点がなければ、どちらかが死ぬまで、断絶関係はそのまま続いていたかもしれません。しかしながら、自分のために祈ってほしい、とショーが繰り返しロレンシアに手紙で懇願していること、またそれに応えてロレンシアもショーのための祈祷を続けたことを見落としてはなりません。聖地詣での土産としてベツレヘムの小石を拾ってきたショーが、ロレンシアに個人的な贈り物として手渡す場面（テレビ・ドラマでの情景）は、やさしい情愛の触れ合いを感じさせ、宗教的見解の隔たりを超えて、2人が心の奥底で親密につながっていることを示す、

印象的な場面です。冒瀆のポーズの下に隠された、ある種の敬虔さや誠実な率直さを、ロレンシアはショーに見いだしていたと思われます。

③コカレルとロレンシア

戯曲に引用される手紙のやりとりからは、ロレンシアに寄せるコカレルの深い敬意や一途な思慕が伝わってきます。とりわけ、ロレンシアをロンドンに熱心に招待して大英博物館の貴重な資料を閲覧させるくだりは、50代半ばをすぎた相思相愛の熟年カップルを思わせる名場面です。しかしながら、コカレルも宗教的立場では、ロレンシアと距離があります。彼は既成の宗教を相対化してとらえ、キリスト教に全面的には帰依できないことを第1幕で明確に表明します。第2幕においても神の三位一体のペルソナの問題や人間の似姿として神のイメージについて、彼は執拗な論争をロレンシアに挑みます。しかしながら、ロレンシアの慈悲深く包容力のある対応は彼の疑念を和らげ、死後の世界や神の存在にかんして、死期近いコカレルの口から、悟りに近い静かな心境が語られて、この芝居は閉じています。

（2） 秘めたる激情

戯曲の中では死期を迎えずに生き残ることもあって、コカレルが不思議な魅力を放っています。とくに、病床の妻とカーテン1枚で仕切られた書斎で、若い女性客の唇をいきなり奪ったことがある、という衝撃的な告白は、比較的淡々とした流れのこの戯曲のなかで、強い印象を与えます。煩悶する病妻の介護のストレスから、「考えもせずに」訪問客に強引に接吻したコカレルは、鬱積した抑圧状態に置かれていたに違いありません。訪問客に騒がれれば、妻からの信頼はもちろんのこと、美術館長としての名誉や地位すら、危うくなっていたはずです。女性客の容姿などについてはいっさい触れられていませんから、とくにこの女性の性的魅力に惹きつけられたわけではなく、むしろすべてを台無しにすることも厭わない、自暴自棄な破壊衝動に襲われたように思えます。この回想の直前にコカレルが語る、画家サージェントのエピソードは、ゆくりなくもこの出来事に通底します。画家は、富裕なパトロンを描くのにうんざりすると、衝立の裏に回って、侮蔑の舌を出し、憤怒の拳をあげることでストレスを発散させていたそうです。パトロンの面前では温和な仮面を被って

いたものの、鬱屈する不満をひそかに陰で発散させることでようやく、心の安定、平常心を維持することができたのでしょう。女性訪問客にセクハラ、パワハラまがいの行為を行ったとき、コカレルの精神も、苦痛に喘ぐ妻の介護の重圧に押しひしがれていました。衝立1枚を隔てて別人格の2人の画家がいたように、カーテン1枚を隔てて、死の苦悶と生の衝動とが共存していたことを、この回想はみごとに視覚化しています。

（3）人生の整理

　劇作や芸術評論、政治論評、社会思想などさまざまな分野で八面六臂の活躍をして多芸多才な貌(かお)を持つショーが、人生の終焉が迫るにつれて、自分自身の「剪定」をする潮時だと語る台詞には、感慨深いものがあります。つまるところ、自分は何者であったのか、と彼はみずからに問いかけ、これまでの虚飾のレッテルをすべて剥がして、ひとりの人間になろうと決心します。よく生きるために、そしてよく死ぬためには、物質的にも精神的にも不要なものを「枝打ち」しておく必要がある、とショーは考え、遺産の処分法や自分の葬儀に流す楽曲、墓碑銘に関する指示など、しっかりと手はずを整えています。他方、貴重な写本や書籍の蒐集家で知られるコカレルもまた、晩年は蔵書の大半を処分していたことが、終幕近くの電話応対の台詞から窺えます。いみじくも、フィッツウィリアム美術館を充実させるために、富豪たちに所蔵品を死後遺贈するように言葉巧みに口説いたのと同様に、彼もまた、モノの呪縛からの解放をみずから実践していたことがわかります。生きられる時間が僅かだと悟ったとき、人生をどう後片付けして最期を迎えるべきか、ひとつの模範が示されていると言えます。

（4）かけがえのない友情

　この戯曲で繰り返し強調されていることは、友情の大切さです。コカレルは、友情とは「温めておかなければ、萎(しお)れる」「人生でもっとも貴重なもの」と語り、ロレンシアも「真の友情は、人生を栄(は)えあるものにする、霊妙で美しい力の一つ」と讃えています。ショーは「友情」という言葉こそ使っていませんが、死亡通知と誤解した一件を契機に、ロレンシアとの絆をことのほか大事に思う気持ちが行間に溢れています。3人の登場人物がじっさいに会って話を

交わした機会や時間はきわめて限られていたでしょうが、彼らは互いの境遇に思いを馳せ、文通という手間暇のかかる形態で、友情を温めて維持してきました。功成り名遂げるだけでなく、彼らは信頼して心を委ねることのできる人間関係を大事につないできました。置かれた境遇も主義・信条も異なる3人が、互いを思い遣る気持ちを永く維持してきたことの大切さが、この戯曲のもっとも大きなメッセージでしょう。人生を豊かにする秘訣は、できるだけ多くの人に話しかけ、思いがけない知遇を得るように努めることだ、というコカレルの処世訓は、その意味で傾聴に値します。もちろん、その処世訓の積極的な実践が、ややもすると、人擦れした八方美人風な印象を周囲の人々に与え、多岐にわたる人脈を維持するには、並はずれた几帳面さが要求されるのかもしれませんが。

参考文献

○邦文図書

池上惇『生活の芸術化——ラスキン、モリスと現代』(丸善、1993年)

加藤浩子『ヴェルディ——オペラ変革者の素顔と作品』(平凡社、2013年)

金山亮太『サヴォイ・オペラへの招待——サムライ、ゲイシャを生んだもの』(新潟:新潟日報事業社、2010年)

君塚直隆『ジョージ五世——大衆民主政治時代の君主』(日本経済新聞出版社、2011年)

小日向定次郎『ロウゼッチィ』(研究社、1934年)

さとうまさこ『天路歴程——十字架編』(新城市、愛知県:プレイズ出版、2010年)

ショウ、バアナアド (加藤朝鳥 訳)『神を探す黒人娘の冒険』(東京市:暁書院、1933年)

庄野潤三『サヴォイ・オペラ』(新潮社、1986年)

関川左木夫・フランクリン、コーリン『ケルムスコット・プレス図録』(雄松堂書店、1982年)

高橋正男『図説 聖地イェルサレム』(河出書房新社、2003年)

田上元徳『サスーン』(研究社、1935年)

タゴール、ロビンドロナト (川名澄 訳)『迷い鳥』(名古屋市:風媒社、2009年) [原著は Tagore, Rabindranath. *Stray Birds*, 1916.]

チャトウィン、ブルース (池内紀 訳)『ウッツ男爵——ある蒐集家の物語』(文藝春秋、1993年) [原著は Bruce Chatwin, *Utz*, 1988.]

デイ、マルコム (神保のぞみ 訳)『図説 キリスト教聖人文化事典』(原書房、2006年) [原著は Day, Malcolm. *A Treasury of Saints 100 Saints: Their Lives and Times*, 2001.]

ディンツェルバッハー、P. & ホッグ、J. L. (編)、朝倉文市 (監訳)『修道院文化史事典』(八坂書房、2008年) [原著名:Dinzelbacher, Peter & Hogg, James Lester. *Kulturgeschichte der Christlichen Orden in Einzeldarstellungen*, 1997.]

日本バーナード・ショー協会 (編)『バーナード・ショーへのいざない』(文化書房博文社、2006年)

ハスラム、マルカム (高野瑶子 訳)『ウィリアム モリスとアーツ&クラフツ カーペット——英国・アイルランドにおける展開』(千毯館、1995年) [原著は Haslam, Malcolm. *Arts & Crafts Carpets*, 1991.]

パリーニ、ジェイ (篠田綾子 訳)『終着駅 トルストイ最後の旅』(新潮文庫、2010年)

ハンフ、ヘレーン (編著)(江藤淳 訳)『チャリング・クロス街84番地』(中公文庫、1984年:親本は1980年) [原著は Hanff, Helene. *84 Charing Cross Road*, 1970.]

ベル、クエンティン（出淵敬子　訳）『ラスキン』（晶文社、1989/92 年）[原著は Bell, Quentin. *Ruskin*, 1963/78.]
ホワイトモア、ヒュー（福田逸　訳）『肉体の清算』（而立書房、2001 年）
マーシュ、ジャン（中山修一・小野康男・吉村健一　訳）『ウィリアム・モリスの妻と娘』（晶文社、1993 年）[原著は Marsh, Jan. *Jane and May Morris: A Biographical Story 1839-1938*, 1986.]
モリス、ウィリアム（川端康雄　訳）『理想の書物』（晶文社、1992 年）
ルメートル、ニコル；カンソン、マリー＝テレーズ；ソ、ヴェロニク（蔵持不三也　訳）『図説キリスト教文化事典』（原書房、1998 年）[原著は Lemaître, Nicole & Quinson, Marie-Thérèse & Sot, Véronique. *Dictionnaire culturel du christianisme*, 1992.]
・（映画プログラム）『終着駅　トルストイ最後の旅』（東宝（株）出版、2010 年）
・（図録）島田紀夫（監修）『ケンブリッジ大学　フィッツウィリアム美術館所蔵　フランス近代風景画展』（朝日新聞社、1988 年）

○英文図書

Anon. *Railway Map of the British Isles 1923* (Devon, UK: Old House Books, n.d.).
――. *The Best of Friends. Playbill* (March 1993), Vol. 93, No. 3.
Bigland, Eileen. *Ouida: The Passionate Victorian* (London: Jarrolds Pulishers, 1950/51).
The Benedictines of Stanbrook. *A Grammar of Plainsong: in two parts* (Worcester: Stanbrook Abbey, 1905).
―――――――――――. *In a Great Tradition: Tribute to Dame Laurentia McLachlan Abbess of Stanbrook* (London: John Murray, 1956).
―――――――――――. *The Stanbrook Abbey Press: Ninety-two Years of Its History* (Worcester: Stanbrook Abbey Press, 1970).
Blunt, Wilfred. *Cockerell: Sydney Carlyle Cockerell, friend of Ruskin and William Morris and Director of the Fitzwilliam Museum, Cambridge* (London: Hamish Hamilton, 1964).
Brophy, Brigid. *The Adventures of God in His Search for the Black Girl* (London: Macmillan, 1973).
Corrigan, D. Felicitas. *Helen Waddell: A Biography* (London: Victor Gollancz, 1986).
――――――――――. *The Nun, the Infidel & the Superman: the remarkable friendships of Dame Laurentia McLachlan with Sydney Cockerell Bernard Shaw and others* (London: John Murray, 1985).
Dunbar, Janet. *Mrs. G. B. S.: A Portrait* (New York: Harper & Row, 1963).
Garnett, David (ed.). *Selected Letters of T. E. Lawrence* (London: The Reprint Society,

1941).

Kazi, I. I. (Mr & Mrs) *Adventures of the Brown Girl in Her Search for God* (Hyderabad, Pakistan: Sindhi Adabi Board, 1979).

Khaudekar, Narayan (et al.). *John Singer Sargent's Triumph of Religion at the Boston Public Library: Creation and Restoration* (Cambridge, Massachusetts: Harvard Art Museum, 2009).

Laurence, Dan H. (ed.). *Bernard Shaw Collected Letters 1874-1897* (London: Max Reinhardt, 1965).

——————————. *Bernard Shaw Collected Letters 1898-1910* (London: Max Reinhardt, 1972).

——————————. *Bernard Shaw Collected Letters 1911-1925* (New York: Viking, 1985).

——————————. *Bernard Shaw Collected Letters 1926-1950* (New York: Viking, 1988).

Little, Carl. *The Watercolors of John Singer Sargent* (Berkely: University of California Press, 1998).

Matthews, W. R. *The Adventures of Gabriel in His Search for Mr. Shaw: A Modest Companion for Mr. Shaw's Black Girl* (London: Hamish Hamilton, 1933).

Meynell, Viola (ed.). *Friends of a Lifetime: Letters to Sydney Carlyle Cockerell* (London: Jonathan Cape, 1940).

——————————. *The Best of Friends: Further Letters to Sydney Carlyle Cockerell* (London: Rupert Hart-Davis, 1956).

Panayotova, Stella. *I Turned It Into a Palace: Sydney Cockerell and the Fitzwilliam Museum* (Cambridge: The Fitzwilliam Museum, University of Cambridge, 2008).

Shaw, Bernard. *The Adventures of the Black Girl in Her Search for God* (New York: Dodd, Mead & Company, 1933).

Tomalin, Claire. *Thomas Hardy: The Time-torn Man* (London: Viking, 2006).

Whitemore, Hugh. *Pack of Lies* (London: Samuel French, n.d.).

——————————. *Stevie* (London: Amber Lane Press, 1984).

——————————. *It's Ralph* (London: Amber Lane Press, 1991).

——————————. *A Letter of Resignation* (London: Amber Lane Press, 1997).

——————————. *God Only Knows* (London: Amber Lane Press, 2001).

——————————. *As You Desire Me* (London: Oberon Books, 2005).

——————————. *A Marvelous Year for Plums* (London: Oberon Books, 2012).

Wilson, Jeremy and Nicole (eds.). *T. E. Lawrence, Letters Volume II : Correspondence with Bernard and Charlotte Shaw 1927*（The White Cottage, Hampshire, UK: Castle Hill Press, 2003）.

○ DVD

The Best of Friends（Channel Four/London Film Productions, 1991）.
The Gathering Storm（HBO Films, 2002）.
Into the Storm: Churchill at War（HBO Films, 2009）.
My House in Umbria（Momentum Pictures, 2005）.
Pack of Lies（Echo Bridge Home Entertainment, 2005）.
Gilbert & Sullivan. *H. M. S. Pinafore*（Acorn Media Publishing, 2002）.
Verdi. *Messa da Requiem*（Hamburg: Deutsche Grammophon GMBH, 1989/2005）.
『チャーリング・クロス街84番地』（ママ）（ソニー・ピクチャーズ エンタテインメント、2009年）
『終着駅 トルストイ最後の旅』（ソニー・ピクチャーズ エンタテインメント、2011年）
『偉人列伝 20世紀の巨人 文学と思想』（アイ・ヴィー・シー、1998年）

○ VHS

『戦場の罠』（ポニー・キャニオン、n.d.）
The Famous Authors Series: George Bernard Shaw（West Long Branch, NJ: KULTUR International Films, n.d.）.

■著者紹介

　ヒュー・ホワイトモア　（Hugh Whitemore, 1936- ）

　　イギリスの劇作家・脚本家。代表作『チャリング・クロス街84番地』
　　『暗号解読』をはじめ、歴史上の人物や事件に取材した戯曲・脚本
　　作品は20編を超える。

■訳者紹介

　河野　賢司　（こうの　けんじ, 1959- ）

　　九州産業大学国際文化学部教授（学科主任）。
　　著書（単著）：
　　『周縁からの挑発―現代アイルランド文学論考』（溪水社、2001年）
　　『現代アイルランド文学論叢』（大学教育出版、1997年）
　　『現代アイルランド文学序論―紛争とアイデンティティの演劇』
　　（近代文藝社、1995年）
　　訳書（共訳）：
　　ジェイ・ルービン『風俗壊乱―明治国家と文芸の検閲』（世織書
　　房、2011年）

最良の友人たち

2014年7月20日　初版第1刷発行

■著　　　者──ヒュー・ホワイトモア
■訳　　　者──河野賢司
■発　行　者──佐藤　守
■発　行　所──株式会社　大学教育出版
　　　　　　　〒700-0953　岡山市南区西市855-4
　　　　　　　電話（086）244-1268　FAX（086）246-0294
■印刷製本──サンコー印刷㈱

© Kenji Kono 2014, printed in Japan
検印省略　　落丁・乱丁本はお取り替えいたします。
本書のコピー・スキャン・デジタル化等の無断複製は著作権法上での例外を除き禁じ
られています。本書を代行業者等の第三者に依頼してスキャンやデジタル化すること
は、たとえ個人や家庭内での利用でも著作権法違反です。
ISBN978-4-86429-233-7

THE BEST OF FRIENDS
Copyright © 1987 by Hugh Whitemore, All Rights Reserved
All rights whatsoever in this play are strictly reserved and applications for
performance in the Japanese language shall be made to Naylor, Hara International
K.K., 6-7-301 Nampeidaicho, Shibuya-ku, Tokyo 150-0036, Japan; Tel:
+81-3-3463-2560, Fax:+81-3-3496-7167, acting on behalf of Judy Daish Associates Ltd.
in London. No performances of the play may be given unless a license has been
obtained prior to rehearsal.